JORDI COCA

LA JAPONESA

JORDI COCA

LA JAPONESA

Premi Josep Pla 1992

l'àncora

Consell de Cent, 425. 08009 Barcelona
Primera edició: febrer 1992
Segona edició: març 1992
Tercera edició: abril 1992
Quarta edició: octubre 1992
Cinquena edició: març 1994
ISBN: 84-233-2155-X
Dipòsit legal: B. 10.625-1994
Imprès per Limpergraf, S.L.
Carrer del Riu, 17. Ripollet del Vallès (Barcelona)
Imprès a Espanya - Printed in Spain

A la Viqui, finalment

El primer cop que els plats van caure estrepitosament a terra la mama es va posar les mans a la cara i va fer un xiscle horrorós.

Va xisclar com si li fessin un tall al coll.

Després, quan es va treure les mans de la boca, em va mirar amb uns ulls que feien por, però a mi no me'n va fer, de por, perquè sabia que era la mama.

Aleshores el papa va entrar a la cuina, sense fer cap mena de soroll amb les sabates, però deixant al seu darrere els cops de porta, i em va alçar de terra com si jo no pesés gens.

Em retrunyia el cap a causa de tot allò, i em bategaven les temples, i em sembla que també tenia els ulls vermells quan el papa em va alçar de terra i em va aferrar contra el seu pit amb força.

La mama havia xisclat perquè no es va adonar que era jo qui empenyia lentament la pila de plats per la taula, fins que van caure.

Era rossa, tenia la pell una mica pigada i els ulls verds; a mi m'agradava mirar-li les pigues de les mans, les del front i les de les galtes, i alguna vegada les hi havia fregades una mica amb un dit per veure si s'esborraven. Quan jo feia coses d'aquestes ella em somreia i m'agafava la cara o em passava els dits pels cabells.

No m'agradava gens que em fes aquestes coses; com tampoc no m'agradava que em retorcés el nas amb els mocadors de paper que feien la mateixa olor que les pólvores de talc que de vegades ella es posava a l'aixella.

Aquell dia el papa, mentre m'abraçava, em va fer una mica de mal, però me'n vaig oblidar de seguida perquè justament aleshores li vaig notar per primera vegada el bigoti sedós i de pèl fi.

També em vaig adonar que era ros, que tenia els ulls clars, de color blau i que, en aquell moment, se li feia una arruga al front, damunt del nas i entre les celles.

Jo aleshores encara no parlava gaire, ni entenia del tot les coses que passaven. Vull dir que entenia perfectament què volia dir el xiscle de la mama quan jo feia caure sorollosament els plats a terra, i què volia dir que ella fes el gest de tapar-se la boca amb les mans, però no entenia per què el papa havia entrat a la cuina tan de pressa, ni per què m'havia agafat a coll i m'havia abraçat tan fort, ni com s'ho havia fet per caminar de pressa i silenciosament, ni recordava si jo havia tancat els ulls en notar-li el bigoti a la galta.

Per mi aquell accident va ser com quan em despertava als matins, sortia del llit i em quedava dret i sense saber què fer durant una estona. Aleshores venia la mama, em duia al bany i jo m'havia de treure el pijama.

Als matins era com si ho hagués oblidat tot, i les coses em tornaven molt poc a poc.

Les primeres que em venien eren les més conegudes: el raspall tou que ella em passava pels cabells, la manera enèrgica que tenia de lligarme els cordons de les sabates, el gust de menta que feia la pasta de rentar-me les dents... Aquestes coses em sorprenien cada dia i cada dia eren noves.

Em mirava els peus i els bellugava, escopia al lavabo la pasta blanca que em posaven al raspall...

En caure els plats a terra va ser el mateix, però la mama va fer aquell xiscle que em va posar la pell de gallina, fins que després vaig veure que era ella i que no havia de témer res. I llavors va arribar el papa, em va fer notar que jo no pesava gens i em va estrènyer amb força.

A l'hora de berenar la mama em va asseure davant del televisor i m'hi va deixar molta estona; de tant en tant venia a demanar-me si m'agradaven els dibuixos, però jo notava que no estava per mi.

Era guapa, i me la vaig quedar mirant; de primer ella llegia, i després es va posar a retocar la distribució de les plantes que hi havia a les floreres.

M'havia cansat de veure córrer les formigues de colors, tan tontes, carregades de molles de pa, arrossegant la pota d'una mosca, o un bri d'herba...

Sabia que quan em deixaven d'aquella manera davant del televisor, volia dir que la mama es posaria de seguida a llegir o a fer ganxet, o que netejaria els mobles amb aquell líquid blanquinós que, per l'olor, s'assemblava al líquid de matar els mosquits. També podia ser que es posés a cosir coses que a mi em semblaven velles i que fins i tot em feien fàstic.

De fet, n'hi havia moltes de coses que em feien fàstic; me'n feia l'abric gros damunt del meu llit, i me'n feia l'ampolla de colònia que la mama deixava destapada a la taula; també me'n feien les taques negres que hi havia al mirall del bany, i de vegades fins i tot trobava insuportable una cadira massa separada de la paret...

Sense arribar a fer-me fàstic em molestava el balanceig gairebé imperceptible que feia el llum del menjador quan la mama l'acabava de netejar. M'agradava el dring de les llàgrimes de vidre si es tocaven entre elles, talment fossin unes campanetes que se sentien de lluny; però el balanceig en el qual no podia deixar de fixar-me i que em provocava un mareig que començava a la panxa, com aquella vegada que vam anar en una barca...

En canvi les olors que venien de la cuina, unes olors d'ous batuts i d'aquella punta de vinagre que em posaven a les patates, em feien vomitar sobtadament.

No era, doncs, cap malaltia el que em feia

treure les coses que havia menjat, sinó les olors inesperades, com per exemple el betum de les sabates del papa o la laca que la mama es posava als cabells, i les coses desplaçades del lloc que els era habitual.

Recordo haver vomitat d'una manera incontenible quan el papa va omplir les estovalles de monedes i quan a la televisió hi va haver més estona del normal el rètol que anunciava un programa, la melodia del qual es repetia de manera obsessiva. En aquests casos era com si m'agafessin l'estómac amb una mà molt grossa, cosa que, naturalment, m'obligava a expulsar el que hi tenia a dins.

Llavors ells deien que perbocava sense motiu, i el metge ho anotava a les seves fitxes i em duien a fer la prova de la llum als ulls.

Primer m'ajeien en una mena de llitera coberta de llençols blancs i després ens quedàvem a les fosques. Jo notava aquell home de la bata blanca per l'escalfor del cos, el sentia bellugar-se prop meu, però no el veia. Tenia por que no es precipités damunt meu i m'agafés el coll i me l'estrenyés fins a ofegar-me; o que no em clavés agulles pertot arreu, unes agulles llargues que em traspassarien els peus, les cuixes, els braços i el coll; també tenia por que no m'empenyés sobtadament i em fes caure de la llitera...

Així que m'estava quiet, agafat al llençol, fins que després d'una mica em passava pels ulls aquell raig de claror prima que gairebé no podia suportar: era una mena de llum que em cremava els ulls fins al fons de tot.

Quan havia acabat amb la llum, encenia les làmpades i començava a manipular-me les parpelles; em premia les temples, em feia obrir la boca i em mirava i em burxava les orelles i els narius. Tot seguit m'escoltava posant la seva orella al meu pit, i després me'l tornava a escoltar amb uns aparells.

Finalment em feia caminar per una ratlla blanca pintada a terra o m'obligava a quedarme una estona dret, amb els braços estesos i els ulls tancats. Més tard el metge em picava els genolls amb un martellet de goma fins que la cama es bellugava com si tingués una molla, com si hagués rebotat contra una cosa elàstica.

El papa i la mama s'estaven al fons i no deien res; jo veia que la mama feia uns moviments estranys amb el nas i que el papa es posava i es treia molt sovint les mans de les butxaques dels pantalons.

El metge, quan havia acabat del tot, em preguntava si m'havia fet mal i jo, naturalment, no li contestava.

De vegades, durant la visita, sí que havia notat una punxada forta que em baixava del clatell per tota l'esquena i per les cames, però aleshores només bellugava els dits dels peus lleugerament, i ells no s'adonaven de res.

En una d'aquelles visites van decidir que no podia estar tan tancat a casa, així que van començar a dur-me a la platja.

Per anar-hi s'havien de fer uns viatges llargs, en què passàvem molta calor. El papa conduïa el cotxe i recordo que quan arribàvem a la platja m'asseien a la sorra, sota el sol roent, i em tiraven una pilota de goma de color vermell que jo havia de retornar a qui me l'enviava.

La mama estava contenta quan jo li tornava la pilota correctament, i una vegada em va agafar les mans i m'hi va fer unes fregues molt fortes, no sé per què. Després em va fer petons a les galtes, quan tornava de banyar-se, i vaig notar per primera vegada la salabror de l'aigua del mar.

Però aquell joc de la pilota era avorrit i quan me'n cansava deixava de tornar-la-hi, o l'enviava directament a l'aigua.

De vegades també feia veure que m'entretenia amb una altra cosa, com per exemple provant d'enterrar-me els peus i un tros de les cames a la sorra, cosa que era molt divertida perquè a partir d'un moment determinat gairebé no podia bellugar ni els dits.

Més tard, ajagut en una tovallola i sota el para-sol, vaig tancar els ulls i vaig sentir que ella mormolava baixet al papa que m'havia adormit.

Jo no m'havia adormit, i la veia per entremig de les pestanyes: bellugava el para-sol per tal que el cap em quedés a l'ombra, s'asseia en una gandula i es posava a llegir el diari... La mama sempre llegia el diari, o llegia llibres, o duia una revista amb fotografies de colors sota l'aixella.

La calor, el cansament i la remor del mar em van fer venir son de debò i, en obrir els ulls una altra vegada, érem parats a l'autopista i s'estava fent fosc. Ens envoltaven els pilots vermells i els fars dels altres cotxes, i pels megàfons donaven indicacions que costaven d'entendre. Em vaig acostar a la porta de la finestrella abaixada.

«S'ha despertat», va dir la mama.

«Sí, ja ho veig», va contestar el papa.

Al cap d'una estona la mama va afegir:

«Ara s'entreté mirant a fora.»

«Sí.»

«Li haurà anat bé?», va dir ella.

«No ho sé...», va respondre ell.

No entenia per què parlaven com si jo no hi fos, però no els vaig dir res perquè mirava els cotxes de tota mena que es posaven al nostre costat, que ens avançaven una mica, que acceleraven i desapareixien...; després érem nosaltres els qui avançàvem i ells es quedaven enrere. N'hi havia de vermells, de negres, de blancs; en va passar un de color verd, com el nostre.

Ja era fosc, i em vaig adonar que el cel era lluent i ple de punts lluminosos. «Els estels», vaig pensar, i ho vaig dir a la mama.

«Sí, fill meu», em va contestar ella.

Però jo ja mirava una altra vegada els cotxes que passaven pel nostre costat i la gent que els ocupaven.

N'hi va haver un que a la banda del darrere només hi duia un gos, cosa que em va fer riure. Un altre anava tan carregat de nois i noies que gairebé no hi cabien. En va passar un d'un home sol que duia la ràdio molt forta...

A casa, i abans d'anar al llit, em van untar les cames amb una pomada blanca que va fer que se m'hi enganxessin els llençols tota la nit, cosa que em va treure la son.

Amb els ulls oberts, a les fosques, recordava els punts lluminosos de molts colors que havia vist a l'autopista, i l'endemà no em vaig trobar gaire bé.

Un altre dia em van dur a un parc d'atraccions i em van fer pujar a la sínia. Quan érem al capdamunt de tot la mama em va posar les mans a les espatlles com si m'anés a empènyer, cosa que em va provocar un calfred. La vaig mirar i sé que em vaig agafar a la seva mà i que ella i el papa es van posar contents d'allò que havia fet.

Ella va dir alguna cosa que ell no va entendre a causa de la música i del soroll que hi havia en el recinte, i ell li va demanar què havia dit, però ella va fer un gest de negació amb el cap.

El papa es tocava aquell bigoti tan sedós, i després es va passar una mà pels cabells, també rossos, i clenxinats a la banda esquerra; somreia i movia les mans volent dir que tant era.

També feien venir gent a casa, posaven espelmes damunt d'un pastís i cantaven.

Un home gras es disfressava de caputxeta vermella i feia veure que caminava per un bosc; després s'amagava darrere del sofà i espantava una dona pèl-roja que quan reia ensenyava una dent d'or; una senyora més vella em tenia a la falda i em feia arri arri tatanet, que anirem a sant Benet, per dinar, per sopar, i pel nen no n'hi haurà..., i em llançava enrere perillosament.

Hi havia una nena més gran que jo que duia un vestit de flors amb un llaç i que em mirava com si estigués espantada, i un altre home més prim que el papa, que era calb i que tenia una gran nou al coll que li pujava i li baixava. Aquest home un dia va dur una mona petita, lligada amb una cadeneta, que se li enfilava a l'espatlla com si res; volia que la toqués, però com que aquell animal feia tanta pudor jo sentia fàstic i no ho volia fer, cosa que feia riure a tothom.

Aleshores el papa ens mirava amb aquells

ullets blaus i es passava la mà pels cabells, una mica amoïnat.

Que jo recordi, el papa mai no em va renyar, ni em va pegar, ni em va fer enfadar gens. En canvi la mama era molt renyaire, i segons com em donava uns copets al cap amb els nusets dels dits, uns copets que no em feien mal però que em posaven nerviós.

El papa no; el papa s'assemblava a l'avi. L'avi també tenia pocs cabells, encara que eren de color blanc, i jo recordava que m'havia donat menjar a la boca amb una cullera de color vermell, i que passejàvem amb la iaia pel bosc, i alguna cosa més.

Les festes no m'agradaven gens perquè, quan s'havien acabat i em duien al llit, el papa i la mama apagaven el llum i em feien petons al front.

I això sense comptar que durant dies trobava algun confetti a sota de les cadires, i fins i tot engrunes d'aquell pastís espès i mantegós que no m'agradava, però me'n feien menjar perquè el metge havia dit que havia de menjar de tot, encara que fossin coses que no m'agradessin.

També havia dit que bellugués les peces d'un joc molt avorrit on hi havia diversos colors i formes estranyes.

Una vegada vaig anar a una festa a casa d'una nena, però no ens van deixar mirar la tele ni ens van donar confetti per tirar, ni els grans van fer aquelles coses de riure que feien a casa. Només ens van asseure al voltant d'una taula baixeta, ens van donar begudes i sandvitxos i ens van posar discos de cançons. La nena aquella s'havia tallat els cabells i jo la veia estranya. Llavors un altre nen es va posar a recitar un poema, i vaig tenir molta por, ja que, de poema, jo no en sabia cap. Vaig tenir tanta por que em vaig posar a plorar i la mama em va agafar de seguida i em va dur a casa.

Aquestes coses passaven per culpa del metge que, quan l'anàvem a veure, sempre em pessigava les galtes i em feia caminar per la ratlla blanca pintada a terra, em donava aquells copets als genolls i em feia obrir la boca molta estona; també em palpava els ossos de l'esquena i em feia pessigolles a la planta dels peus amb una agulla molt llarga.

Igualment per culpa seva abans de dinar em passaven per la boca un suc agre, i a mitja tarda me'n passaven un altre que era dolç. Abans d'entrar a dormir em posaven gotes als ulls, em bellugaven les cames i m'aixecaven els braços moltes vegades, amunt i avall.

Als matins la mama em feia el mateix i em fregava l'esquena amb una aigua gelada que em feia esgarrifar però que m'agradava.

Quan el papa netejava el cotxe davant de casa jo m'estava prop de la finestra i veia passar la gent.

De tant en tant el papa es girava i em saludava amb la mà.

Aleshores encara no sabia que la nostra casa no era l'única d'aquell carrer que tenia la planta baixa i un pis, amb un petit jardí a la banda del davant i un pati pels malendreços al darrere, on no em van deixar anar mai.

Per netejar el cotxe el papa es posava uns pantalons vells, se'ls arremangava, es posava les xancletes i, amb una mànega que treia per la finestra, mullava el cotxe i després el fregava amb un raspall que feia escuma.

Aquell cotxe només l'agafàvem per anar a fer alguna visita a casa la iaia, o a altres persones que no sé com es diuen.

Jo, si no sabia què fer, encaixava les peces d'aquell joc tan avorrit, i quan l'ensenyava a la mama es posava molt contenta, i quan el papa acabava, la mama li ho ensenyava i ell també es posava content.

«Molt bé, no?», deia ell.

«Sí», contestava ella.

Durant un temps a les hores de menjar vaig agafar la cullera tal com m'ho havien ensenyat, amb la mà dreta, i somreia quan la formigueta de la tele no podia arrossegar la molla de pa. Però vaig deixar de fer-ho perquè era més fàcil i m'agradava més d'agafar les coses amb la mà esquerra, i com que no m'estalviava ni les dutxes d'aigua freda que la mama em feia a les cames ni els exercicis de cada dia...

Ja no eren els exercicis suaus d'abans d'anar a dormir i del matí quan em despertava, sinó uns moviments forts, amb les cames i amb els braços, que em cansaven i no m'agradaven gens. A la mama tampoc no li devien agradar, ja que en acabar estaba entresuada i un dia es va asseure i em va dir:

«No puc més.»

Em feia una mica de pena i alhora també ganes de riure.

Però el que més em va sorprendre va ser que m'ho digués a mi. No hi havia dubte, ja que estàvem sols, però era una mena de coses que no em deia mai. Quan parlava amb mi ho feia per assenyalar-me objectes concrets, per donar-me ordres, potser també per fer-me alguna carícia... Però mai no m'havia dit cap cosa com les que deia al papa.

Durant una estona vaig esperar a veure si me'n deia una altra de semblant, i fins i tot la vaig mirar, però no va dir res i tot va tornar a ser com abans.

I abans les coses eren així: la mama em despertava, fèiem la gimnàstica, em menjava la fruita en aquell tassó que tenia un dibuix que també sortia a la tele, jugava amb les porqueries que s'havien d'encaixar, després em duia a la dutxa, em rentava el cap amb sabó d'olor, em repassava les ungles i m'ajudava a vestir-me.

Quan sortíem al carrer normalment era per anar a comprar a les botigues. Terrible, perquè hi havia dones que em passaven els dits pels cabells d'aquella manera odiosa, i em deien coses que jo no sabia contestar. Després tornàvem a casa per fer el dinar.

Mentre la mama era a la cuina jo mirava la tele, i havent dinat em quedava una estona a la meva habitació, ajagut al llit.

«Tanca els ulls», em deia la mama abans de sortir i d'ajustar la porta.

I jo els tancava, però de seguida els obria a poc a poc i veia les ombres esgarrifoses que s'havien fet pertot arreu. Prop dels quadres de les parets hi havia unes aranyes llargues que estaven esperant per posar-se a caminar, i en un racó hi havia una roca grandiosa i fosca a sota de la qual la terra era humida i plena de cucs blancs que primer es retorçaven i després s'escampaven per l'habitació; també hi havia una serp llefiscosa que segurament s'arrosegaria fins al meu llit i em passaria pel damunt del cos i pel costat de la cara, lliscant en una bava; el sostre era un forat d'on podien caure pedres i coses que cremaven; les cortines feien replecs foscos i sospitosos...

Era entre agradosa i terrible aquella estona d'havent dinat; hi havia moments que no sabia si volia estar amb els ulls tancats o bé preferia tenir-los oberts i mirar d'esbrinar què era cada cosa.

Quan em llevava anàvem a casa d'algú, caminant, i la mama em duia agafat de la mà.

Llavors la veia molt alta, i m'agradava l'olor que feia la colònia que s'havia posat, una olor de flors marcides, i la roba que duia.

Jo també anava ben vestit, amb una camisa groga i les sabates fosques d'home gran.

Fèiem visites curtes a algunes veïnes de casa o anàvem a les galeries d'art, i en aquests casos agafàvem l'autobús, i la mama s'estava molta estona mirant quadres que jo repassava en un moment i que sempre trobava bonics: mars enfurides xocant contra les roques, boscos ombrívols que desprenien una sensació d'humitat evident, llargs camins feréstecs amb arbres fent rafal...

Alguna vegada la mama també em va dur al cinema, cosa que encara m'agradava més, a veure pel·lícules en què sortien nens o de dibuixos com els que veia a la televisió, però més grossos i amb les veus que se sentien més altes.

Del cinema només em desagradava que em solia venir molta picor a les cames i que em començava a bellugar sense parar per tal de gratar-me-les.

Quan anàvem a casa d'algú no m'agradava tant, encara que hi hagués nens. A mi no em tenien confiança i veia que tant la mama com la senyora que visitàvem em vigilaven de reüll. Tenien por que no fes mal al nen, cosa que mai no vaig fer perquè els nens que eren més petits m'agradaven i me'ls estimava.

Però el que sí que feia de vegades era llançar a terra alguna cosa grossa, i si podia me la tirava als peus. No em feia mal, però ells venien de seguida, em treien la sabata i em miraven què m'havia fet. Després la mama i aquelles senyores es posaven a parlar de mi com si no hi fos, tal com sempre feien ella i el papa.

«Ara passa una bona temporada. Menja, es deixa fer...»

«Pobret...»

Quan anàvem a casa de la iaia tot era diferent. La iaia vivia lluny i hi anàvem amb el cotxe.

Se sortia de la ciutat i s'agafava una autopista que passava per una zona on hi havia indústries de tota mena, petites fàbriques i alguns magatzems amb les façanes pintades de colors. Passàvem per la fàbrica de ciment, que de nit semblava d'una pel·lícula de marcians de tants puntets de llum com tenia, i els fums que s'escapaven de les canonades...

Normalment també es passava per un cementiri, els nínxols del qual s'entreveien darrere dels xiprers, i per una zona on abundaven els xalets blancs, uns a tocar dels altres, amb jardins plens de flors i algun arbre fruiter.

A mi aquelles coses se'm barrejaven i les recordava malament, però sé que a mesura que ens allunyàvem de la ciutat tot era una mica més verd i que els pobles per on passàvem eren cada cop més bonics.

Quan arribàvem als pobles dels campanars tan alts i de les cases de color de terra, sabia que al cap de poc sortiríem de l'autopista i agafaríem una carretera estreta i plena de revolts que s'endinsava en una zona verda, olorosa i tota plena d'arbres. Una vegada hi vam anar que era l'hivern i recordo que es va fer fosc de seguida i es va posar a ploure fort. El papa conduïa i la mama deia:

«No vols que parem?»

Però el papa feia que no amb el cap i seguíem carretera endavant.

M'agradava veure el diluvi de fora i sentir les fortes ratxes d'aigua i de vent que queien al damunt del nostre cotxe, però també tenia una mica de por, com la mama.

«No tenim cap pressa», sentia que deia ella. Però el papa no contestava i passava un drap pel parabrisa.

Quan travessàvem els pobles veia que eren buits i també veia caure l'aigua de les canaleres i anar-se'n carrers avall.

Al lluny, el vent agitava una filera de salzes i jo tenia por que no ens haguéssim ficat en aquella tempesta i que no en poguéssim sortir mai més. Els arbres es movien per mi, pensava; bellugaven les branques com si fossin braços que em volien agafar a mi...

Aquella nit vaig somiar coses com ara aquestes i la mama va haver de venir al meu costat a dir-me que no passava res, però mentre era al cotxe m'havia agradat la pluja, i fins i tot aquella estona que el vent va llançar l'aigua a la finestrella, tot i que, entre això i que els vidres s'havien entelat, gairebé no vaig poder veure clarament res del que hi havia al defora.

Quan s'havia passat aquest tros tan dolent el paisatge es tornava a obrir en una plana molt bonica que jo recordo haver vist sempre verda, assolellada i neta. A l'esquerra, i al fons de tot, hi havia uns turons sense vegetació, que eren de color gris, però la resta era agradable i plena de cases on sempre hi havia gent que treballava.

Seguint per aquella carretera es passava per una ciutat de la qual només recordo les muralles, i aquells altres indrets on hi havia penjades unes grandioses làmpades de ferro.

Després ens desviàvem per una carretera més petita que, fent uns revolts amples i a mesura que pujàvem, ens oferia una panoràmica de la vall que havíem deixat.

Finalment, la carretera s'enfilava tota dreta cap a l'entrada del poble, amb grans plàtans a banda i banda, darrere dels quals veia els xalets amb jardins plens de buguenvíl·lees i de rosers. Sé que aleshores m'acostava al vidre, l'abaixava i quedava embadalit de la bona olor que feia aquell poble.

«Ja hi som», em deia la mama contenta.

«Ja hi som», repetia jo.

La iaia era molt maca, més maca i tot que la mama, sempre duia els cabells ben pentinats i quan em veia s'ajupia per fer-me un somriure molt dolç. M'agradaven les seves mans, que eren una mica pigades com les de la mama, però que no tenien les ungles tan dures ni tan llargues. Les mans de la iaia eren com les d'un fantasma bo que jo veia quan me n'anava al llit, unes mans que de vegades semblaven ales fetes de plomes suaus.

Quan la iaia em duia a caminar per les fagedes m'imaginava que aquest fantasma venia amb nosaltres i jo el veia passar silenciosament entre els troncs altíssims i bellugar les fulles de color daurat per fer-les caure a terra. Era com un gegant, però no em feia cap por i gairebé de tot arreu era blanc, tret de les galtes, que les tenia d'un color rosat clar. Ens agradava estar junts i sempre m'endevinava el pensament; si jo anava cap a la banda del bosc, el fantasma també hi anava; si triava d'anar cap a l'ermita per arribar a la qual calia baixar per aquell camí dels grans avets negres, allà també hi era. En canvi a casa només el veia de nit, quan me n'anava a dormir, i solia quedar-se a la porta, quiet, respirant sense fer soroll.

Si sortíem a passejar la iaia no em tocava mai; només alguna vegada em posava la mà a l'esquena, tota oberta i blana, per ajudar-me a pujar els marges una mica difícils. Tampoc no em manava res, ni m'agafava del braç o per l'espatlla per guiar-me; em deixava seguir els camins que jo volia i deixava que m'enfilés en una roca des de la qual em feia més alt que ella.

«Mira», em deia quan s'ajupia prop del rierol, i em donava un còdol perfectament llis i arrodonit.

La iaia s'asseia al meu costat i mai no semblava tenir cap pressa. Jo acaronava el còdol durant una estona, el tocava per trobar-li algun defecte, el girava, en resseguia els cantons arrodonits i, després, el tenia amagat entre totes dues mans fins que me'l duia a la boca i el començava a xupar.

Finalment, quan em cansava de tenir el còdol a la boca o a les mans i de jugar-hi, me'l posava a la butxaca dels pantalons i em quedava al costat de la iaia mirant l'aigua que baixava fent només una petita remor.

A l'altra banda del rierol, al fons del bosc, una mica de calitja es començava a dissoldre.

Amb la iaia passàvem per camins estrets plens d'esbarzers que m'esgarrinxaven les cames, però a ella no, perquè duia pantalons llargs. També passejàvem per unes avingudes amples, el terra de les quals era ple de fulles seques que feien soroll quan nosaltres hi caminàvem per entremig; segons el sol que feia, aquelles fulles semblaven d'or o tenien tons torrats que es combinaven els uns amb els altres.

Algun cop ens quedàvem asseguts prop de la font, bevent aigua fresca i escoltant la fressa que venia del bosc: un ocell que passava volant entre les fulles, una pedra que rodolava tota sola per un marge, unes veus que eren lluny...

Un vespre, quan ja era al llit, envoltat de silenci, va començar a sentir-se a través de la finestra un carrisqueig monòton que no s'acabava mai. Llavors la iaia va entrar a poc a poc a l'habitació, es va posar al meu costat i, prop de l'orella, fluixet, em va dir:

«Sents el grill?»

Jo no vaig contestar res, i ella es va quedar una estona amb mi, a les fosques, acompanyats tots dos amb aquella música que venia del bosc.

Quan em vaig despertar ja era clar i vaig baixar corrents al pati a veure la iaia, que aleshores parava la taula sota el tendal de l'eixida. Me la vaig quedar mirant i ella em va dir:

«Tens gana?», i em va oferir una llesca de pa amb mantega i mel.

Ella i l'avi em duien a veure les masies que hi havia en un camí molt bonic que es deia Camí de l'Arç, ple de grans avets, i recordo que sempre ens aturàvem davant de cada una d'aquelles cases tan grans. I ens quedàvem tots tres quiets en el camí, mirant les cases silenciosament.

Si el gos bordava, l'avi deia:

«Ja borda.» I jo sentia, efectivament, els lladrucs d'aquell animal que semblava salvatge i que per sort estava lligat.

«Anem?», deia la iaia.

«Anem?», deia jo.

Un dia vam passar per una casa que en realitat era una fusteria. La duia un home molt prim que s'enfilava les ulleres de muntura fosca amb un dit. Ens hi vam aturar i l'avi i ell es van posar a parlar de cadires, de calaixeres, de quadres, de llums i de miralls.

Després vam entrar a la planta baixa d'aquella casa i em vaig trobar envoltat de mobles vells apilotats pertot arreu i plens de pols. Evidentment van ser el desordre i la poca llum que hi havia el que més em va impressionar, però també va ser aquella olor tan forta de florit i de resclosit. Quan respirava, la pols m'entrava pels forats del nas i tot jo per dintre devia quedar ple de teranyines i d'escarabats. Em vaig posar a plorar, i la iaia i jo vam sortir al defora, però encara no he oblidat aquell regust de cosa morta que em va entrar dintre del cos.

Altres vegades l'avi em duia al bar que hi havia prop de la carretera i mentre ell jugava a dòmino a mi també em donaven una capsa de fitxes que ordenava començant pel doble blanc i acabant pel doble sis.

Al carrer feia fred, i per anar de la casa dels

avis al bar havíem de passar per camins amb bassals glaçats. En canvi, al bar, s'hi estava bé, i prop de la gran estufa de llenya fins i tot tenia calor.

M'agradava sentir el soroll que feien els jugadors quan col·locaven les fitxes damunt del marbre de les taules; m'agradava l'olor de lleixiu que feia el taulell; m'agradava el tacte a polit de la fusta dels bancs que hi havia tot al voltant del local; m'agradava l'olor forta de tabac que m'arribava d'una taula del fons; m'agradava el gran ventilador negre que hi havia penjat del sostre i que sempre girava lentament...

Quan a l'estiu anàvem a casa de la iaia tota l'eixida era perfumada de gessamí, i solíem sopar a la fresca. La iaia, l'avi, la mama i el papa...

La mama als matins anava a la piscina i estava morena i tenia més pigues que mai. Jo també nedava, però generalment m'hi duien a la tarda, quan no hi havia tanta gent i quan el sol no era tan fort. M'estava molta estona a l'aigua, bellugant les cames i els braços i algun cop anava a recollir, fent grans braçades, el flotador que la mama em llançava.

A l'hora de sopar baixava net i molt ben vestit, i l'avi es calava aquell barret de palla fins als ulls per fer-me riure. La iaia posava música, la d'aquelles orquestres que ella deia que li agradaven des que era jove, i estàvem bé.

A més a més un estiu hi va haver l'avioneta. Una avioneta de plata que durant uns dies va passar cada migdia quan la mama i jo ens posàvem a cantar. La mama em feia seguir la seva veu i també volia que fes uns dibuixos en una pissarra que posava a l'eixida; em feia sentir dues vegades la mateixa música i després ella i jo havíem de fer veure que la tocàvem picant de mans.

Però jo no podia fer el que ella em deia, ni podia aprendre cap cançó nova perquè només esperava que es comencés a sentir el rum-rum de l'avioneta, que al cap de poc apareixia refulgent damunt dels nostres caps. Volava baix, i passava de fer grans maniobres, dibuixant un arc immens, a llançar-se gairebé en picat damunt de la casa i a remuntar el vol quan estava a punt de tocar els arbres i les teulades.

La primera vegada que va aparèixer em vaig excitar molt, i la mama també la va voler veure i la va seguir amb els ulls. La iaia va dir que no sabia d'on podia venir.

Em tenia fascinat i no em deixava fer res més. De fet, quan s'acostava l'hora en què solia passar, només estava pendent del sorollet que l'anunciava i, efectivament, al cap de poc la veia, plena de claror i lluminosa.

Un dia va volar tan alt que gairebé només va ser un punt en el cel. Un altre dia va volar tan baix que gairebé se la podia tocar amb les mans; aquell dia no la vaig veure tan plena de llum com altres vegades, però em va semblar immensa i em va fer molta impressió.

Llavors la mama va canviar l'hora de fer les classes de música i jo, després d'esmorzar, m'asseia al bell mig de l'eixida, tot esperant l'aeroplà, com en deia l'avi.

«Ja tens l'aeroplà aquí», deia quan es començava a sentir el motor.

Volava i volava més enllà dels arbres, venia i se n'anava. Fins que un dia ja no va venir més. Recordo que, quan vaig entendre que ja no tornaria, em vaig posar a xisclar, i vaig llençar un plat a terra i vaig tombar una taula on la iaia tenia flors.

La mama, després de parlar molta estona per telèfon, em va dur a l'habitació i m'hi vaig quedar tota la tarda sense haver de dinar i sense tenir cap obligació.

Escoltava sorolls que fins aleshores no havia sentit mai: un martelleig llunyà, constant i reiteratiu, algú que travessava lentament el pis de baix, una serra metàl·lica darrere de la casa, un ocell que no parava de piular...

També em va arribar molt clarament el motoret d'una màquina de cosir que era a l'altra banda de la paret. Quan aquell estri s'engegava, i durant uns segons, semblava una bicicleta rodant a molta velocitat. Quan s'aturava m'envaïa una agradable sensació de vertigen provocada, sobretot, pel buit que deixava aquella frisança de la màquina.

Més tard van arrossegar una cadira d'un lloc a l'altre; vaig sentir que, al jardí, l'avi xiulava una cançó; una cosa que va semblar l'aleteig d'un colom a la finestra, un timbre de bicicleta...

Tenia ganes d'abraçar la mama i que ella m'assegués a les seves cames per tal de sentir-me envoltat d'aquella punta d'olor de flors que es posava als cabells. La trobava maca i plena de llum, i en aquell moment hauria fet tot el que ella volgués: mirar la televisió, acabar els dibuixos amb les ceres, menjar-me els iogurts sense sucre... Aleshores ella era tot el que jo volia, i fins i tot hauria deixat que em passés els dits pels cabells.

També vaig pensar en els diners que tenia a la guardiola, i en els cordons de les sabates, en la cara que feia l'elefant de la fotografia, en la caixeta de música que m'havia dut el papa, en la pegadolça que hi havia al calaix de la cuina, en les sabatilles que semblaven el cap d'un lleó, en els quadrats de colors molt diferents que hi havia a la vànova, en les ulleres que tenien un nas de pallasso...

Després només vaig pensar que ja no sabia què pensar. Era maco perquè m'esforçava a recordar coses que m'havien passat, coses que habitualment m'agradaven, i només em venia a la memòria un cel de color gairebé blanc en el centre del qual jo estava suspès. Els braços se m'havien fet llargs llargs, i els bellugava lentament; les cames també eren tan llargues que ja no em veia els peus.

Més tard sentia molta tristor i ja no em veia ni els braços ni les cames; no veia res, únicament aquella blancor i aquell silenci.

No recordo exactament quan van començar a venir una altra vegada aquells colors per tota l'habitació; el color rosat de la cara del fantasma, el color daurat de la llum, el blanc del fum...

Tenia ganes de sortir al jardí i fins i tot de marxar d'aquella casa, tenia ganes de començar a caminar i de no girar-me mai més.

Però, com que no ho podia fer, em vaig posar a donar cops de cap a la porta, i cops de puny i puntades de peu, alhora que xisclava sense que em caigués ni una llàgrima. Xisclava tan fort que em vaig haver de posar els dits a les orelles perquè tenia la sensació que se'm rebentarien d'un moment a l'altre.

També vaig arrossegar el llit metàl·lic i vaig sacsejar la tauleta de nit. No entenia que els costés tant de venir-me a ajudar.

Finalment van venir el papa i la mama i es van quedar a la porta mirant-me com si em tinguessin por. El papa fumava i sé que duia unes sandàlies de color negre, i que la mama no va venir al meu costat com altres vegades. Jo tampoc no vaig saber què fer, i vaig tenir por que la mama ja no em tornaria a rentar mai més els cabells.

Una altra vegada que vam tornar a casa de la iaia recordo que, com que va ploure sense parar i no podíem anar al bosc, ens vam posar a mirar fotografies de quan jo era petit.

N'hi havia una en què seia en una trona prop de la taula de l'eixida, mentre la mama, la iaia, l'avi i el papa dinaven amb dues persones més que jo no sabia qui eren; en una altra tenia a les mans una pilota que gairebé em tapava la cara; n'hi havia unes en què l'avi em tenia agafat de la mà.

Però les que més m'agradaven eren aquelles

en què ja em reconeixia: duia pantalons curts de color negre i una camisa blanca de màniga curta; estava dret, amb els braços al llarg del cos, sol, i amb els cabells rossos ben pentinats i una mica molls.

N'hi havia una altra en què també duia camisa blanca, que l'avi em va fer després d'asseure'm al gronxador i de dir-me moltes vegades que m'agafés fort. En general no recordava quan m'havien fet aquelles fotografies ni sabia identificar la palissada blanca que hi havia al meu darrere, ni hauria pogut dir amb certesa el temps que feia de tot allò. En canvi la iaia separava una de les fotografies i deia:

«Mira, el dia del teu sant, oi que sí?»

Anava vestit amb pantalons curts i un jersei vermell, sempre ben pentinat i amb els cabells rossos encara una mica molls, però no recordava res.

Després la iaia en separava una altra i deia:

«Te'n recordes, d'aquesta?»

Un noi dret, seriós.

Quan n'apareixia una que em desvetllava alguna sensació hi posava un dit al damunt i mirava la iaia, content: me l'havia fet el papa poc després d'haver sortit de la piscina, i només duia el vestit de bany i una tovallola a les espatlles. Aquell dia havia nedat molta estona, havia fet la piscina tot al llarg i tenia una mica de fred. A la fotografia no es veia, però al costat del papa, que em retratava, hi havia la mama, que també estava contenta perquè jo sol havia travessat la piscina.

Crec que aquella nit de la tempesta, més que no pas els trons o la claror dels llamps, em va despertar l'olor de terra molla. Em vaig aixecar sense dir res a ningú i em vaig acostar a la finestra. No tenia cap mena de por, però l'esplendor de la natura em feia sentir respecte per tot el que no entenia. No entenia l'olor tan forta de la terra, no entenia d'on queia l'aiguat que xopava no sols la casa de la iaia i el pati, sinó totes les cases del poble i les muntanyes properes, i els boscos on jo passejava; no entenia on s'acabava la pluja, i no entenia què eren els llamps.

De sobte, a l'altra banda de la finestra hi havia un esclat de llum molt viva, com una gran espurna que durava un instant, i al cap de poc retrunyia tot el cel. De vegades el tro era llunyà, i arribava lentament; altres cops esclatava damunt de la casa i era com si s'obrís la muntanya sencera, com si tot s'hagués d'ensorrar. Després, en el silenci de la nit, se sentia la bufor constant de la pluja entre els arbres, i jo m'estava quiet i tranquil fins que venia un altre llamp.

Tampoc no sabia si els fantasmes es mullaven o no, ni on s'amagaven els ocells durant els temporals. La iaia m'havia explicat algunes coses, però encara no me les havia explicades totes.

A la tardor van decidir dur-me en aquella escola a l'entrada de la qual hi havia uns graons amb passamans daurats i una reixa que s'obria a uns jardins espaiosos amb gespa, amb arbres i flors.

Quan s'hi entrava trobaves un camí de terra lleugerament costerut i unes palmeres altíssimes. A la dreta hi havia un camp de futbol i, més amunt, una antiga piscina d'un extrem de la qual rajava aigua per entre unes roques on s'asseien dues sirenes de pedra. Els vestidors també eren antics, pintats de color turquesa, no tenien baldes a les portes i tots feien olor de lleixiu.

A l'altra banda del camí hi havia zones amb gronxadors, tobogans, una tortuga immensa plena de forats per on podien passar els nens, barres paral·leles i anelles.

Seguint aquella mena de passeig s'accedia a la gran esplanada de l'edifici central de l'escola; però abans d'arribar-hi podies desviar-te per un trencall que duia, cap a l'esquerra, a les hortes, a l'edifici Blau i a aquell petit bosc des d'on es podia saltar la paret que ens separava del carrer. En aquella zona abundaven les senderes flanquejades d'aromàtiques roses, i també hi havia una avinguda humida, de xiprers alts i foscos, que duia a un casalot on tothom deia que vivien els jardiners i els vigilants.

Darrere de la piscina i dels camins enjardinats que semblaven un laberint, entre els pins, s'hi trobaven les aules de nova construcció que, com que no eren gaire altes, no desentonaven amb la resta, que era noble i una mica imposant.

L'edifici central era en aquella esplanada on alguna vegada es feien concerts a la nit. A l'interior hi havia un gran hall amb una escala noble que duia al primer pis i llargs passadissos distribuïdors, il·luminats amb globus de color blanc, que anaven a les ales dels menjadors i a les cuines i que, tal com vaig saber després, connectaven subterràniament tots els edificis. Al pis de dalt, a més de la biblioteca, de la sala d'ordinadors i de la petita impremta on s'editaven un butlletí i una revista, hi havia aules grans que es feien servir per a la dansa.

Al menjador, espaiós i clar, les parets eren cobertes de quadres. N'hi havia d'aquells que a mi m'agradaven, en què la mar escumejava damunt de les roques, i uns altres que retrataven cavalls suats que guanyaven una cursa, aquarel·les en què unes dames amb vestits llargs passejaven en un dia de pluja sota petits paraigües de colors. Gairebé tocant el sostre hi havia cerà miques de procedències diferents, perfectament arrenglerades en prestatgeries fosques.

A mi, des del primer dia, em van fer asseure al costat d'una nena rossa que era bessona d'una altra que anava a una classe diferent. Quan a l'hora de dinar les trobava totes dues juntes m'agradava endevinar quina era la que s'asseia al meu costat, cosa que mai no es podia saber del cert, ja que elles jugaven a enganyar-nos. Per això vaig decidir aviat de no parlar mai més amb aquella nena i d'actuar com si no hi fos. De tant en tant ella em feia ganyotes, però jo no la mirava. En canvi, quan les bessones anaven juntes, no em podia estar de buscar-los alguna diferència que em permetés d'identificar-les.

A l'aula, que segons el mestre era de forma triangular, una de les parets era l'àmplia vidriera a tocar de la qual tenia la meva taula. Teníem una pissarra de color verd que cada matí s'inundava de sol i, a la paret de l'esquerra, també hi havia mapes amb fotografies de grans masses de vegetació, un extens paisatge vermellós i erm i un gran Quadre dels Meteors.

El mestre era un senyor baixet i vestit de fosc que m'agradava perquè quan volia que el miréssim solia tocar una campaneta que feia un so molt net. Sempre somreia, i a mi mai no em va posar el braç a l'espatlla ni em va pessigar la galta. De vegades assenyalava amb un punter les coses que havia dibuixat a la pissarra o alguna de les fotografies de la paret del darrere, i es posava a parlar.

De la classe m'agradava el lloc que m'havien destinat perquè veia el jardí exterior on, prop d'una morera de branques caigudes, a la banda del sol, i en uns grans testos de color blau, hi havia palmeres nanes.

Però no m'agradaven els altres nens perquè es reien de mi i em prenien els llapis i les ceres de colors; venien a la meva taula, assenyalaven amb el dit alguna cosa del jardí i, quan jo em girava, ells em prenien les coses i es posaven a riure. Em prenien el regle de fusta de color verd i una goma d'esborrar blanca i molt tova que sempre tenia a la mà, els contes amb dibuixos..., m'ho prenien tot.

Jo mai no em vaig queixar d'aquells robatoris, però quan el mestre ens manava de fer un dibuix a la llibreta em quedava quiet, amb les mans plegades damunt de la taula. Ell s'acostava i em deia que em posés a treballar i, naturalment, jo no li contestava res ni em bellugava, per això no trigava a adonar-se de què estava passant.

Aleshores el mestre anava a buscar-me uns colors a la seva taula i me'ls deixava, però jo no em podia posar a dibuixar com si res, amb uns colors que no eren meus, i continuava quiet, fins que em venien ganes de fer alguna cosa i la feia. Per exemple, mentre els altres treballaven, entresuats i vermells de cara, me n'anava als lavabos, cosa per a la qual no havies de demanar permís a ningú, i m'hi quedava fins que em venien a buscar. Alguna d'aquestes vegades mentre m'esperava feia caca al mig del passadís i l'escampava tota amb el peu. Mai no em renyaven, només em deien que em rentés i em duien a la classe.

I a la classe m'estava quiet, mirant els reflexos de la llum a la vidriera, notant que hi estava bé però que res no em feia la il·lusió dels passeigs amb la iaia. De fet, només m'agradava el lloc on seia, la campaneta del mestre i, als vespres, poc abans que ens vingués a buscar l'autobús que ens duia a casa, escapar-me un moment i passejar gairebé a les fosques pels jardins de l'escola.

Aquelles avingudes amb uns fanalets de llum blanca tenien l'aire d'una premonició; hi anava corrents, m'hi endinsava a través de la vegetació i, en un moment determinat, m'aturava i deixava que la por m'anés guanyant de mica en mica. Pressentia algú darrere meu, no gosava girar-me, notava pessigolles a l'esquena i a les cames, mirava cap a les zones més fosques i veia ombres allargades i paoroses; després sentia un nan geperut que corria entre les mates, veia uns morts de rostres lívids que avançaven cap a on jo era, nenes sense ulls...

Quan no podia més de por tornava a l'esplanada de l'edifici central i, com tothom, davallava fins als autobusos, molt content d'haver fet aquella malesa.

Però un dia no vaig saber trobar l'esplanada ni l'edifici de la bandera i, en comptes d'això, vaig anar a parar prop de la piscina. Se sentia el xipolleig del brollador i, més enllà dels vestidors, una mena de gemec que també podien ferlo els ocells.

La lluna es reflectia pàl·lidament a l'aigua i, gràcies a això, vaig poder recular fins al laberint. Però devia caminar més del compte, perquè allò tampoc no era el laberint; era un camí amb arbres a banda i banda, molt fosc, i absolutament buit i silenciós. A mesura que avançava, escoltant les meves passes a la grava, el camí s'anava fent estret i jo notava les branques que em fregaven els braços i el pit.

De lluny vaig començar a sentir unes veus que deien el meu nom, i encara vaig tenir més por. Eren unes veus clares que a mi, dites en la foscor, em van semblar amenaçadores. Per això em vaig arraulir entre els matolls i em vaig tapar el cap amb els braços. Estava convençut que sobtadament em cauria al damunt una mà molt grossa i poderosa que, de seguida, m'arrosegaria entre les branques i que potser fins i tot m'ofegaria a la piscina.

Van ser uns moments sinistres, tan terribles que quan em van trobar estava glaçat i tremolava perquè m'havia tornat a fer pipí. Mentre els vigilants em duien a l'autobús els vaig sentir dir que no entenien per què m'havia amagat d'aquella manera.

Una altra cosa que em va sorprendre a l'escola va ser que a la classe on jo anava vaig conèixer un nen que era estràbic. Jo no havia vist mai ningú amb els ulls tan desordenats, i els primers dies me'l quedava mirant perquè em neguitejava; però alhora no podia passar sense mirar-lo i quan ell sortia per anar al wàter jo el seguia, i si ell es quedava a l'aula i no volia jugar al pati, jo també m'hi quedava... Gairebé no parlàvem mai, però un dia, quan érem sols, em va dir, posant la seva cara molt a prop de la meva:

«Però tu, què vols?», i se'm va quedar mirant.

Jo no volia res, però aquells ulls tan negres, un dels quals es desviava gairebé del tot cap a la banda del nas, m'atreien poderosament. M'atreien tant que no podia deixar de mirar-lo i de pensar coses d'aquell noi. Per exemple pensava que ell era més alt que jo i que semblava més gran, però en canvi també estava convençut que el meu aspecte era més agradable que el seu.

«Tonto!», em va dir una tarda que anava amb una colla d'amics seus. Es van posar al meu voltant i llavors aquell noi dels ulls m'ho va repetir unes quantes vegades:

«Ets un tonto, tiu...», i m'empenyia una mica, però sense fer-me mal.

Aquell dia, més que no pas els ulls, el que va atreure la meva atenció va ser el cap tan despentinat i brut que duia un altre dels nois, i les ungles fosques i llargues que tenia.

Però normalment passàvem la tarda en un ambient carregat i xafogós, treballant mentre el mestre deixava uns papers damunt de la taula parsimoniosament i ens estudiava un a un. El silenci era tal que alguna vegada em feia sentir a l'esquena una agradable i dolça esgarrifança que no sabia què volia dir.

Per altra banda el nen estràbic sempre es feia mal. Un dia queia i es feria el llavi; al cap de poc es torçava el turmell i l'havia de dur embenat una temporada... Però tot i aquestes lesions quan sortíem al pati es posava a jugar a bales amb els nois més grans que ell; jo m'asseia prop de la font i l'observava. Li veia agafar la bala entre l'índex i el polze i llançar-la amb precisió contra les que eren al flendi; el veia desplaçar-se per terra de quatre grapes per canviar de posició; el veia concentrar-se per fer punteria...

M'atreia tant aquell nen que, a casa, em posava a jugar a bales sota la taula del menjador i algun cop anava a mirar-me al mirall només per girar els ulls com ell.

Un dia la mama el va convidar a casa, junt amb altres nois, a una festa com aquelles en què venia la gent gran que feien coses estranyes, però aquest cop només hi van venir nens.

N'hi havia que eren de l'escola i d'altres que eren veïns del carrer on vivíem i que jo no recordava haver vist mai. Ens van donar brioixos amb pernil dolç, trossets de coca de sobrassada i galetes, a més de les begudes.

El noi de l'ull girat i jo no ens vam dir res en tota la tarda; ell va menjar moltes galetes i després es va posar a tocar el meu xilòfon, però no sabia ni agafar les baquetes. A l'hora de marxar només va dir:

«Me'n vaig», i jo no li vaig contestar.

Des que havia començat a anar a l'escola tenia la sensació que havia de fer massa coses al llarg del dia. De primer m'havia de llevar, i això volia dir posar-me les sabatilles, anar al bany, fer pipí, rentar-me les dents, omplir la banyera i avisar la mama perquè mirés quan hi entrava, estar-m'hi una estona ajagut sense fer res, després ensabonar-me bé, rentar-me el cap, embolicar-me amb el barnús, deixar que la mama m'eixugués els cabells, anar a buscar la roba interior als calaixos de l'armari, posar-me-la, posar-me la roba que la mama m'havia preparat, posar-me les sabates, cordar-me-les, anar a la cuina, esmorzar menjant amb la mà dreta i no amb l'esquerra —cosa que no era ben feta—, recollir la cartera i anar amb la mama a l'escola, pujar a l'aula, asseure'm a la meva taula, esperar que passés el matí fent el que deia el mestre...

Però a l'escola vaig aprendre coses dels planetes i del sol, els noms de les grans ciutats, els noms de moltes plantes, les conquestes dels almogàvers i la història d'Anníbal, que era un home que anava als llocs amb elefant. També vaig aprendre per què els cotxes circulaven en una sola direcció pel carrer de casa i per què els caps de setmana hi havia menys gent pels carrers que els dies feiners, o com ho havia de fer per canviar el canal de televisió.

El mestre també ens explicava com era la lluna, de què era fet l'aire que respiràvem, i ens comentava el Quadre dels Meteors. D'aquell quadre recordo que sobre el fons de color blau destacaven els punts brillants dels estels; dessota hi havia la taca obscura dels nimbus i, al costat, els volums esponjosos i plens de llum dels cúmuls; també hi havia cirrus pesants, allargassats i carregats de glaç que coronaven l'arc de Sant Martí. A la part inferior s'estenia a l'esquerra un paisatge cobert de neu i una casa amb les teulades glaçades; segons el mestre, que les finestres fossin daurades indicava la vida humana de l'interior.

A la dreta del quadre, i separat per un braç de mar on naufragava un vaixell de fusta, hi dominava la silueta cilíndrica d'un far, darrere del qual s'expandien els feixos de llum difusament violada de l'aurora polar. També hi havia unes muntanyes agrestes, tallades per boires baixes i amb dues congestes ben clarament assenyalades.

A la vall, s'hi veia una ermita, prop de la qual uns quants arbres, a més d'un home i una dona, eren exposats al vent huracanat. Més a primer pla, i també a la dreta, un noi passava tot impressionat per davant d'un cementiri on les flames erràtiques i inquietants dels focs follets til·laven a la fosca.

I també vaig aprendre els noms dels dinosaures, cosa que els altres nens i nenes no sabien: hegalosaurus, brontosaurus, triceratops, struthiominus, estegosaure, brachiosaurus, hypselosaurus, heterodontosaurus, diplodocus, megalosaurus, allosaurus, protoceratops, coelurus, stenonychosaurus, kentrosaurus, pisanosaurus, seymouria, valdosaurus, corythosaurus, euoplocephalus, hylaeosaurus, camarasaurus...

Aquesta sensació d'haver de fer i haver d'aprendre tantes coses era terrible, i de vegades em notava molts nervis. Sobretot quan m'asseia prop de la finestra de la casa i mirava un cuquet que s'enfilava reptant pel tronc d'un dels arbustos que l'avi havia plantat al jardí, i llavors havia d'anar al bany i fer caca; això volia dir eixugar-me bé, omplir el bidet i rentar-me, buidar el bidet, assecar-me, enfilar-me els pantalons, cordar-me'ls...

Quan tornava a ser prop de la finestra i buscava el cuc, sonava el telèfon i la mama em deia que l'agafés; això volia dir anar fins al telèfon, agafar-lo, dir «digui», escoltar el que deien i, si ho entenia, anar a dir-ho a la mama.

Quan tornava a mirar cap al jardí el cuc ja no hi era i m'havia d'entretenir a buscar una altra cosa que m'agradés. Però no tenia temps de triar res perquè la mama em cridava i m'emprovava un jersei de l'any passat que m'havia quedat petit, cosa que ens feia riure a tots dos.

Si tornava a la finestra s'obria la porta i entrava el papa, que venia a fer-me un petó i començava a preguntar-me coses. Després la mama sortia de l'habitació i ells dos es posaven a parlar. Jo anava a la finestra, però ja es feia fosc i no hi havia manera de veure si algun cuc s'enfilava per la paret on hi havia els rosers...

I a més sempre venia algú a visitar-nos, sempre calia tornar al metge, deixar-se mirar les orelles, obrir la boca, caminar sobre una ratlla, tancar els ulls i estirar els braços... Sempre s'havia d'anar a l'escola, sempre hi havia a casa gent estranya que feia coses estranyes: una senyora que fregava el terra posant-se de genolls, un home vestit de blanc que posava la taula i les butaques al mig del menjador i les tapava amb plàstics fabulosos i després pintava les parets; un senyor petit que enrotllava les estores i se les enduia carregades a l'espatlla...

Algun cop, mentre mirava per la finestra, veia al mig del jardí, posat damunt de la gespa, un cap gegant de lleó, amb una llarga crinera falba; me'l quedava mirant, convençut que d'un moment a l'altre sorgiria de terra la resta del cos d'aquell animal. Tenia por, és clar, però em quedava quiet mirant aquell jardí terrífic, sense dir res, sense ni una sola llàgrima. El lleó tenia la boca ben oberta i unes dents esmolades i llargues; tenia una llengua delerosa i uns ulls grossos i humits.

De sobte feia fred i em posaven una roba molt gruixuda i engavanyadora; al cap de poc feia calor i, per anar per casa, havia de dur una altra vegada pantalons curts com quan era petit; o plovia, i les plantes del jardí es morien i després ressuscitaven...

Però el pitjor, el que més em molestava, eren les visites que nosaltres havíem de fer. I especialment quan anàvem a casa d'aquella parella amiga del papa i de la mama que s'esforçaven tant a tractar-me bé i a ser simpàtics, però que a mi no m'agradaven gens.

El marit era aquell senyor gras que, a les festes que es feien a casa, s'amagava darrere del sofà mentre m'explicava el conte de la caputxeta vermella. De la seva dona havia sentit dir que era escultora i que havia fet aquella noia de marbre blanc situada damunt de la tauleta estreta del passadís de casa.

Vivien en un pis la part del darrere del qual era plena de pols i d'estàtues com aquella que hi havia a casa; noies, homes, uns caps molt més grans del normal. Algunes d'aquestes escultures eren tapades amb draps blancs i, quan els visitàvem, aquella senyora dels cabells vermells solia destapar-les per ensenyar-nos-les. Aleshores el senyor gras em posava la mà a l'espatlla i em deia, a l'orella:

«Són maques, oi?»

Ell no esperava cap resposta, però tampoc no em retirava la mà del damunt.

Vivien en un carrer ample, tranquil, i l'únic que jo havia vist pavimentat amb llambordes; a terra hi havia unes vies semblants a les dels trens, però en canvi pel carrer passaven els mateixos autobusos vermells que a tot arreu, amb les rodes de goma.

Des d'una de les finestres del davant del pis d'aquells amics del papa i de la mama es veia la teulada de l'edifici d'un cinema, que era d'uralita posada en dues aigües. L'envoltaven blocs de pisos més alts, i a la façana sempre hi havia uns cartells acolorits per anunciar les pel·lícules que s'hi feien.

A tocar del cinema hi havia un bar amb taules al carrer i una casa de mobles davant de la qual els camions carregaven o descarregaven sofàs, cadires, capçals de llit, calaixeres, llums... Alguns dies arribava un gran camió i començava a descarregar mobles de tota mena; altres vegades tornaven a carregar aquells mateixos mobles, o uns de semblants, en camions més petits.

La terrassa del bar s'omplia lentament i també es buidava lentament. Quan hi havia gent a les taules el cambrer entrava i sortia del bar amb una safata carregada de begudes, i quan no n'hi havia es quedava a la porta, sense fer res. Més enllà de la casa de mobles hi havia un rellotger, i al costat del rellotger hi havia una perfumeria, i després un forn de pa i una casa d'electrodomèstics que feia cantonada.

Un dia, mentre mirava el carrer, vaig picar amb el puny en un dels vidres de les finestres i, a causa d'això, es va produir una gran trencadissa, però sense que ningú prengués mal. La senyora dels cabells vermells i el seu marit van dir que no tenia importància, però el papa i la mama em van renyar molt i em van dir que ja era gran i que, aquelles coses, no les podia fer. Llavors jo els tenia molta ràbia, tant al papa i la mama com a aquella senyora de les escultures i al senyor gras. Jo no havia fet res. M'avorria, em feia mal el cap i tenia ganes de marxar.

En aquell temps la mama s'havia recollit els cabells al darrere en una mena de tofa que l'afavoria, tot i que la feia semblar més gran; tenia unes bosses lleugerament inflades sota els ulls, que dissimulava amb les ulleres que es posava per llegir. Perquè, a casa, ella continuava llegint mentre jo mirava la televisió, o bé sota un arbre quan érem al poble de la iaia, o durant el viatge amb aquell vaixell que ens va dur a l'illa poc temps després.

A casa, abans de sopar, la mama mirava les notícies; les mirava cada dia, amb el llibre i les ulleres a la mà, i algunes vegades jo també les veia, però no m'agradaven perquè parlaven massa. En canvi, m'agradaven molt les pel·lícules on hi havia incendis al mar, accidents a la carretera, explosions a causa de les quals s'alçava una gran polseguera, ambulàncies que passaven ululant pels carrers, avions que sobrevolaven una ciutat arran de les cases.

Quan acabaven les notícies gairebé cada dia la mama apagava el televisor i m'ensenyava llibres. En recordo un que era ple de dibuixos i que es deia Cully Cully i l'ós. Era la història d'un caçador que es deia Cully Cully i que vivia en una casa feta amb pells d'animals i escorces d'arbres. Una nit, com que no podia dormir perquè trobava el terra massa dur, Cully Cully es va decidir a anar a caçar un ós; va agafar un arc i se'n va anar al bosc. Quan va veure un ós li va disparar una sageta, però només li va fer una petita ferida al nas. L'ós es va enfadar tant que va començar a empaitar Cully Cully. Aleshores van trobar un gran arbre i van començar a ferhi voltes, l'un darrere l'altre. L'ós es pensava que el caçador l'empaitava, i el caçador es pensava que era l'ós qui l'empaitava a ell. Al cap d'una mica l'ós va començar a sentir-se marejat, i Cully Cully també. L'ós va decidir de tornar al cau, i Cully Cully va decidir de tornar a casa. En arribar a casa, Cully Cully estava tan cansat que va trobar el terra molt tou.

Quan la mama m'explicava aquestes coses jo la mirava per tal de descobrir-li detalls en què mai no m'hagués fixat fins aleshores. No sabia, per exemple, que tingués uns quants cabells blancs, ni sabia que dugués anells als dits; no li havia vist els llavis una mica marcits i secs. Quan la mirava així, fixament, ella em somreia, però un dia em va donar un copet molt dolç al cap amb el diari i em va dir:

«No em miris.»

«No et miro?», li deia jo.

«No», em va contestar ella, somrient.

El papa també va canviar quan es va afaitar el bigoti; durant uns dies no el podia deixar de mirar perquè em feia gràcia veure-li aquell tros de carn tan ample entre el llavi i el nas. Però de seguida se'l va deixar créixer una altra vegada perquè ell mateix deia que es trobava estrany, i vaig veure com li creixia a poc a poc, primer un borrissol espès, després uns cabells punxeguts, i finalment una altra vegada aquells pèls fins que sempre havia dut.

Un estiu la mama i jo vam anar a l'illa. El mateix dia que hi vam arribar els meus cosins em regalaven aquell gat que era molt menut i que tenia el pèl de color beix i els ulls de color gris. La mama em deia que no el portés a la platja i que els gats no es tocaven gaire, i jo li feia cas perquè a mi el que m'agradava era mirar-lo i deixar-lo que s'arrapés a la meva roba amb les ungles, i llavors agafar-lo per les potes i llançar-lo lluny.

Quan vaig parlar per telèfon amb el papa li vaig dir que tenia un gat, i ell em va preguntar com es deia, i jo li vaig contestar que no ho sabia i que anava sol per tota la casa. Però als vespres la mama el tancava perquè tenia por que vindria al meu llit i m'esgarraparia.

Vivíem en un poble de carrers blancs, amb totes les portes i les finestres pintades de color verd. Eren uns carrers darrere dels quals hi havia camps d'ametllers on els meus cosins em duien a jugar. Un d'ells s'enfilava en una paret seca i arrencava ametlles dels arbres, i l'altre es treia la camisa i les entomava; després ens asèiem tots tres fent rodona, ells les picaven amb una pedra i a mi me'n donaven unes quantes. Jo les duia a la mà i me les menjava tot anant amb ells al camp de futbol o al picador de cavalls, on veia fascinat com unes eugues negres i lluents feien voltes al recinte i, de vegades, fins i tot saltaven algunes barreres que els posaven davant.

Als matins anàvem a la platja en un autobús vell que es bellugava com una barca i a l'interior del qual hi havia molta pols; tenia l'entapissat dels seients fet malbé i quan volies que parés havies d'estirar una cordeta que feia sonar una campana.

La carretera travessava un paisatge ardent que feia olor de farigola i de camamilla, ple de garrigues eriçades i de parets seques i figueres estacades. Després vorejava un petit bosc de pins i l'autobús començava a aixecar una gran polseguera blanca mentre davallava fins a una cala no gaire gran on, a la banda de les cases, s'havien fet ancons per deixar-hi les barques dels pescadors.

La sorra brillava de sal. Les parets blanques esclataven de sol. Les roques que tancaven la cala, amb grans esvorancs, xiulaven cada cop que la mar de color turquesa hi enviava un embat...

La mama es posava a llegir sota un para-sol i ens vigilava a mi i els meus cosins quan érem a l'aigua.

Ells eren una mica més grans que jo i parlaven estrany. Em van dir que sabien parlar anglès i que per això s'entenien amb els estrangers. Així que moltes estones ells es posaven a parlar d'aquella manera i jo m'asseia a la sorra i els escoltava sense entendre-hi res.

A l'hora de dinar ens posàvem a la terrassa d'un hotel i menjàvem espaguetis i un gelat molt bo que al damunt hi tenia una tallada de préssec. M'agradaven molt els espaguetis, els gelats i els préssecs, i també m'agradaven les cireres i les truites ben crues; en canvi no m'agradava gens mastegar la carn ni empassar-me el peix.

Alguna tarda anàvem d'excursió i passàvem per camins on hi havia palmeres, o bé per laberints de parets seques darrere de les quals creixien els ametllers, els garrofers, els pins i les figueres de moro. Segons com, es veia la mar entre els arbres, al fons del camí...

Un dia vam anar amb un cotxe per un lloc sense arbres i de terra vermellosa que semblava un desert. La carretera vorejava un petit turó i després es ficava per una esplanada pedregosa i solitària al capdavall de la qual hi havia un far i, més enllà, la mar, d'un color blau intens, com si ja fóssim en els límits del món. Hi havia gavines que xisclaven i, al lluny, a la dreta, remot entre la calitja, un illot.

Però mentre vam ser a l'illa el que més m'agradava era amagar-me a casa. I m'agradava perquè així descobria les diferents olors que feia cada racó. El pati de darrere, per exemple, tenia dues zones diferents: on hi havia una petita cort en desús es conservava una aguda fetor de caca i, en canvi, prop de la casa dominava la frescor i la humitat, segons com, una mica florida, de la cisterna.

La cuina i el menjador sempre feien l'olor agradable dels pastissos acabats de fer, i a l'entrada —on abans havia estat instal·lada la fusteria— encara quedava una certa fortor de peix, a causa del màstic.

Del primer pis, on hi havia els dormitoris, només podria parlar de l'habitació que compartíem amb la mare, i que s'havia impregnat d'aquella sentor de la colònia que duia. Més amunt hi havia una estança gran dominada per l'acidesa dels tomàquets que eren penjats a les bigues.

Quan m'amagava, sempre m'asseia abraçat als genolls i em quedava quiet fins que la mama em trobava. No era gaire estona, però sí la suficient per percebre l'olor del racó on era. Jo l'esperava, impacient, i quan em venia a buscar l'abraçava i tenia moltes ganes que m'estimés més a mi que no pas als meus cosins.

La mama estava morena, molt guapa, i als vespres jo li mirava els pits quan es treia els sostenidors i abans de posar-se la camisa de dormir.

Aquells dies m'agradava com era, m'agradava l'olor que feia i la manera que tenia de tractar-me; ella i la iaia eren les dues persones que més m'agradaven.

Jugant, també vaig aprendre que el gat, a més

de tenir un pelatge suau i dòcil, de color beix, tenia una cua llarga i prima que, segons com la hi tocava, es posava rígida. També vaig descobrir que tant a ell com a mi ens posava nerviosos el batec tebi que li feia el cap, petit i arrodonit, quan jo l'hi agafava fort amb totes dues mans.

Altres estones que no sabia què fer em quedava prop de la figuera i bellugava els ulls al menys possible. En aquell pati de parets blanques, que s'anava fent perfectament buit i eteri, em veia corrent sense fer soroll per una llum clara, infinita i sense olors; no hi havia parets, ni sostre, ni paviment. Notava que feia calor, que després arribaven unes pluges dolces i calentes, que queien les fulles, que tornava el fred...

M'agradava anar amb la barca d'aquell senyor de la cara vermella i veure de prop els forats gegants de les roques que tancaven la cala; m'agradava caminar per darrere de l'hotel i seguir tota la renglera de canyes fins a les tanques, on s'iniciava el camí pedregós que s'enfilava a la pineda i, un cop encreuada, ja es veia l'ampli arenal de sorra blanca on de vegades em duien els meus cosins.

M'agradaven les festes que es feien a les nits, amb petards i cavalls que s'alçaven sobre les potes del darrere; m'agradava veure ballar la gent, seguint l'orquestra que era a l'esplanada de l'església; m'agradaven els berenars que la mama feia al pati...

Però m'agradava més estar-me a casa, mirant per la finestra, o bé a dintre el llit, o veient la televisió. A casa, la mama em deia més coses, fèiem gimnàstica cada matí, sortíem al carrer... A casa tenia la meva habitació, que era molt clara i lluminosa, amb unes grans cortines blanques que jo mateix podia córrer perquè eren muntades en unes anelles de fusta. Hi tenia la cistella de les joguines, que cada cop tocava menys però que no volia que s'enduguessin perquè a dintre hi tenia el Pinotxo de goma amb els colors gastats; les bitlles vermelles i la pilota de fusta que quan rodava per terra feia un soroll espantós, i la caixa amb el trencaclosques del pallasso...

A més a més, a l'habitació tenia els quadres, en un dels quals es veia un gran riu que baixava violent entre les roques, i en un altre hi havia una cadernera amb el cap vermell i les ales negres i grogues; hi tenia la meva taula per dibuixar, que era a tocar de la finestra; hi havia el llit que era ample, i l'edredó de plomissol, i aquell llum que es quedava encès tota la nit i que simulava un vaixell amb una xemeneia molt ampla que fumejava...

Vaig començar a trobar a faltar les meves coses i, un dia, quan la mama es preparava per anar a la platja, em vaig posar a plorar. Les nits següents vaig tenir uns somnis en què sempre em feia mal, com el nen dels ulls estràbics; queia per un dels espadats on havíem anat d'excursió; m'ofegava a la mar sense que ningú s'adonés de res; em perdia en una sureda, en els brucs de la qual se m'embolicaven els peus fins que finalment es feia fosc i no sabia sortir-ne... Però el malson pitjor va ser aquell en què jo era a l'habitació i, de sobte, algú m'esclafava al llit. Em vaig despertar suant i respirant com els cavalls cansats. Llavors la mama va decidir que tornàvem a casa i que em duria al metge una altra vegada.

Aquell cop el metge em va receptar unes gotes de color rosa que eren dolces i que m'havia de prendre cada dia abans d'anar a dormir. No sé si va ser a causa d'aquelles gotes o pel fet d'haver tornat a casa, però el cas és que, a poc a poc, es va iniciar una de les etapes més tranquil·les que recordo. Era com si tothom hagués desaparegut de la meva vida i només quedéssim la mama, el gatet i jo. Fins i tot la iaia era lluny; telefonava alguna vegada, em demanava com estava, jo li contestava que bé, i si em preguntava res més em limitava a contestar-li sí o no, segons el cas.

El que més m'agradava era que em sentia el cap net, clar, i que no pensava res i em limitava a fer el que em deien i el que tenia ganes.

Per exemple feia les feines diàries sense que em resultessin feixugues i encara tenia temps per mirar el gat, que havia crescut una mica i ja no patinava pels rajols.

El mirava quan s'ajeia al sol que entrava per la finestra i mig aclucava els ulls, tot enroscat en ell mateix i fent reposar el cap entre les potes; quan prenia llet en un platet amb la seva llengua aspra, o quan menjava. Si jo anava al bany ell em seguia, i mentre feia pipí ell s'enfilava a la banqueta; quan jo iniciava el gest per sortir, ell, ràpidament, feia un salt i se m'avançava posant-se prop de la porta. Li agradava que bellugués la mà i poder seguir els meus moviments lents amb el cap; i de vegades, quan jo em cansava de jugar amb ell, saltava al llit i s'hi quedava ben repapat mentre jo dibuixava...

Quan la mama em venia a despertar el gat sempre era darrere seu; mentre la mama i jo fèiem gimnàstica ell s'estava damunt del sofà, indiferent o mig adormit, i a l'hora de berenar el buscava per tirar-li un tros de galeta.

«Amb la dreta...», em deia la mama.

De vegades buscava el gat i el feia jugar amb un cordill que ell volia agafar amb les potes del davant i que jo li prenia estirant-lo més amunt. Saltava, s'enfadava i bellugava la cua, però mai no em va esgarrapar. Molts cops se n'anava al jardí i, saltant la paret, es perdia pel carrer.

Després tornava brut i es quedava llargues estones llepant-se els pèls i dormint. Quan el mirava ell sempre em mirava a mi, amb aquells ulls que a les fosques brillaven i que darrerament havien canviat de color; alguna vegada quan el volia tocar se m'escapava fent una corredissa. S'havia fet gran i les carícies que li feia ja no li agradaven tant com abans; preferia estar-se enroscat en el sofà; preferia olorar les parets del pati i, de tant en tant, rosegar una mica de gespa. Però algun cop també es deixava agafar pel bescoll i llavors el duia a l'habitació i tancava la porta; de moment miolava com si volgués sortir, però de seguida s'ajeia i es quedava adormit.

M'agradava viure d'aquella manera, la mama, el gat i jo. Els dies passaven molt a poc a poc, eren llargs i agradables, i mai no succeïa res inoportú. La gent que saludàvem pel carrer, els coneguts que venien a casa i les coses que feien a la televisió m'eren indiferents i tot plegat era com si no passés res.

A mi només m'agradava veure la mama i veure el gat llepant-se el musell, llepant-se una pota, gratant-se el cap i les orelles, llepant-se el cul, la panxa i la cua... Jo em trobava bé i volia que allò no canviés mai.

Un dia, vaig conèixer la japonesa.

Va ser a l'hora de sortir al pati, al matí. Jo, com que ja era gran, mai no jugava amb ningú, però cada dia m'estava als jardins mirant com jugaven els altres nois i noies de la classe nova a la qual anava. En comptes d'un mestre teníem una mestra, i el nen dels ulls malalts, com deia la mama, ja no era amb nosaltres. En canvi sí que hi era la nena bessona.

Els primers dies vaig pensar que potser aquell nen que girava els ulls havia marxat de l'escola, però al cap d'un quant temps, quan ja no hi pensava, me'l vaig trobar al pati amb un grup de nois més grans. M'hi vaig apropar i em vaig quedar al seu costat, mirant-lo i sense dir-li res. Ell tampoc no em va dir res perquè parlava amb els altres nois, però al cap d'una estona em va mirar de reüll i em va dir:

«Què vols?»

Jo només el volia mirar. Ell va continuar parlant amb els altres fins que va sonar la campana. Aleshores un del seu grup em va empènyer per poder passar i vaig estar a punt de caure. Els vaig veure marxar tots junts.

A partir d'aquell dia, a l'hora del pati, sempre buscava el nen i si el trobava em quedava al seu costat. Alguns dies m'empenyia una mica, altres vegades no em deia res; jo no em cansava de mirar-li aquella cara estranya. Si no el trobava m'asseia prop de la mestra i em dedicava a mirar els més petits, que corrien sense parar.

Els petits jugaven a la part de les paral·leles, dels tobogans i de les palmeres; els més grandets tenien el tros que corresponia al laberint i a la piscina, envoltada d'una tanca metàl·lica; nosaltres ens podíem moure lliurement i només havíem d'estar atents a la campana que indicava que el descans s'havia acabat.

Jo ja duia pantalons llargs, és clar, i un jersei de color tabac que em quedava molt bé. Estava prop dels vestidors de la piscina, assegut en una cadira de vímet amb respatller de fusta, i recordo que començava a fresquejar. Aquella setmana el cel havia estat ennuvolat del matí al vespre i, gairebé cada dia, poc o molt, havia plogut; de manera que la mama m'havia fet posar les sabates de cordons, la camisa blanca i el jersei. Feia poc que m'havien tallat els cabells i que la perruquera havia dit a la mama que estaria millor si em deixava els cabells una mica més llargs i no anava tan clenxinat com fins aleshores.

«Escabellat com el Robert Redford, oi, noi?», va dir la perruquera.

I em van fer un pentinat que els primers dies em va molestar, ja que els cabells em queien al front i em feien pessigolles. Però després m'hi vaig acostumar, i la veritat és que a mesura que passava el temps m'agradava més perquè —i això ho va dir tothom— em feia semblar més gran.

«Estàs molt guapo...», m'havia dit la perruquera mentre la mama pagava.

Inicialment la mama em tallava els cabells a casa, i més tard va dur-me a una barberia on em passaven una màquina de pessigar pel clatell. Cada vegada que hi anava era pitjor, i una de les darreres vegades, sense voler, vaig donar un cop de peu a la prestatgeria on deixaven les tisores, els raspalls, l'assecador i la pinta. Llavors la mama va decidir de buscar un altre lloc i em va dur a la perruquera que no feia servir la màquina de pessigar i que em tallava els cabells amb les tisores. Unes tisores que feien un soroll metàl·lic en passar prop de la meva orella, tancant-les i obrint-les ràpidament, cosa que em feia riure com si em fessin pessigolles.

La japonesa, la vaig veure quan s'acostava per un dels laterals de la piscina, agafada de la mà d'una mestra. Jo em vaig aixecar de la cadira i, mentre les dues mestres parlaven, aquella nena i jo ens vam quedar mirant. Al cap d'una estona em va ensenyar un dibuix.

Era un vaixell amb les veles inflades. La mar era verda i hi havia tres dofins pintats de negre que treien el cap de l'aigua. En el fons blau del cel, a la dreta, hi destacava un sol encès que ho tenyia tot lleugerament de vermell.

Quan em va haver ensenyat el dibuix, la japonesa va recular tímidament per posar-se al costat de la mestra. Jo em vaig fixar en els seus ditets, que eren prims i llargs, i que semblaven fràgils; com també semblaven fràgils les cames, i segurament els peus, tot i que no els hi vaig poder veure perquè duia mitjons blancs.

A mi també em van venir ganes d'ensenyar-li alguns dels meus dibuixos, especialment els dels arbres i de les fulles de casa de la iaia dels quals sabia els noms. Als dibuixos que jo feia hi havia moixeres de pastor, que segons la iaia servien per fer melmelades; hi havia verns, hi havia bedolls... Però no estava segur de saber explicar a la japonesa per què les fulles d'uns arbres eren d'una manera i les d'uns altres eren diferents. N'hi havia que eren rígides i també n'hi havia de toves; unes tenien forma de cor i altres eren grosses i servien per recollir l'aigua; algunes tenien reflexos de plata i, sobretot, entre totes destacaven les fulles de l'auró negre, que a la tardor es tornaven d'un color vermellós...

Quan la mestra i la japonesa van marxar vaig esperar una estona, i després les vaig seguir. Van passar per davant de l'edifici central i, finalment, vaig veure que baixaven pel camí que anava a les aules que en deien El Blau. Llavors em vaig quedar sol enmig del jardí, envoltat d'arbres i de flors, i, com que recordava que un dia m'hi havia perdut, vaig tornar de seguida cap a la piscina, prop de la mestra.

Quan hi vaig arribar va ser com si encara tingués aquella nena al meu davant ensenyant-me el dibuix, com si encara la veiés, menuda, quieta, amb els cabells negres, tota aixinesada, i amb aquelles mans i aquells peus tan delicats.

De nit em va costar dormir. Fins i tot la mama va venir per donar-me una cullerada del xarop que prenia quan estava neguitós i quan no podia quedar-me quiet al llit. Després de prendre-me'l vaig fer veure que m'adormia, i quan la mama va marxar em vaig posar a rumiar, amb els ulls ben oberts, si hi havia molts japonesos o n'hi havia pocs, si tots tenien els ulls ametllats i la cara una mica inflada com aquella nena de l'escola, o només la tenien així uns quants...

No sabia per què hi havia gent que era japonesa i una altra que no ho era... I em va passar pel cap haver vist unes fotografies en les quals les dones japoneses vestien una mena de bata de colors molt bonics i unes xancletes, però no n'estava segur. També vaig pensar que, quan ens llevéssim, diria a la mama que havia conegut aquella nena.

Però al matí següent em va fer por de dir-li res perquè no sabia si allò era una d'aquelles coses dolentes que aprenia sense saber com. Havia après a escopir a terra quan se m'omplia la boca de saliva, per exemple, i la mama em va dir que allò era lleig i que no es podia fer; havia après a tocar-me la cueta quan era a la banyera, i allò tampoc no es podia fer perquè també era lleig; havia après algunes paraules que la mama no em volia sentir dir de cap de les maneres perquè eren lletges: cony, collons, bavós... Jo no sabia com aprenia aquestes coses, però tampoc no sabia com havia après a caminar, o a respirar, que deien que era tan important.

«Has de fer gimnàstica per aprendre a respirar», em repetia sempre la mama.

De tota manera alguna d'aquelles coses, encara que no ho digués a ningú, les havia apreses a l'escola. Havia vist un dels nois grans, per exemple, posar-se a pixar des de dalt d'un arbre, i jo no ho feia perquè tenia por d'enfilar-me, però ho trobava molt divertit; un altre dia vaig veure que un nen posava la mà dessota de la faldilla d'una nena per tocar-li el cul, i que ella es posava a xisclar; i també vaig veure alguns nois que fumaven d'amagat en una de les raconades del laberint. A mi, una vegada, em van fer pipar aquelles cigarretes i em va venir molta tos i una picor molt forta al coll i als ulls, que a ells els va fer riure.

Hi havia, doncs, algunes coses que no les deia ni a la mama, ni a la iaia ni a ningú. Com també m'estava de preguntar tot de coses que no entenia. I no les preguntava perquè les respostes que em donaven mai no eren clares. Com quan els vaig preguntar si jo encara seria un nen molt de temps.

«No, molt de temps no», em van contestar.

«Quant?»

«Poc, ara ja poc.»

Aquestes respostes no volien dir res. Així que gairebé no preguntava i, si mai ho havia fet, era perquè ja sabia del cert la resposta, cosa que em va servir per descobrir que algunes vegades m'enganyaven. Va ser llavors quan vaig adoptar l'actitud de quedar-me mirant tothom sense parlar, encara que els entengués, com si no s'adrecessin a mi, amb els ulls buits, sense veure'ls.

I també ho vaig decidir perquè en el darrer temps la mama s'havia fet més antipàtica, més esquerpa i menys amable. Una nit vaig sentir que ella i el papa discutien i, tot i no entendre què deien, estava segur que era per culpa meva.

Segurament era perquè jo havia tirat un tros de regalèssia al plat de la mama, a l'hora de dinar. Estàvem ella i jo sols i, mentre menjàvem, em vaig treure un tros de regalèssia de la butxaca i la vaig començar a xupar. La mama em va dir que no mengés regalèssia i que la guardés, però jo tenia ganes de menjar-ne i no la vaig voler guardar. M'ho va tornar a dir una altra vegada, però jo tampoc no li'n vaig fer cas. Llavors ella va fer una cosa que no havia fet mai: va donar un cop a la taula mentre em cridava que guardés la regalèssia. A mi aquell crit em va espantar i em vaig posar a tremolar i se'm va escapar una mica de pipí, cosa que sempre em feia molta ràbia i molta vergonya. I va ser per aquella ràbia que sentia que li vaig tirar la regalèssia al plat. Llavors ella es va aixecar i em va donar un cop a la cara amb la mà. Però de seguida em va abraçar el cap tot dient-me amb desesperació que no plorés, que no era res, i que no m'ho tornaria a fer mai més. Jo no plorava, però vaig decidir que, segons quines coses, no les podia dir ni les podia fer. Per això no vaig dir res a ningú de la japonesa.

Els únics a qui ho hauria pogut dir eren la iaia, el gat i el fantasma que veia de vegades; però la iaia era lluny, i quan l'anava a veure estava tan bé amb ella que m'oblidava de les coses que li volia explicar, i quan hi pensava ja érem una altra vegada al cotxe, de retorn a casa.

El gat no parlava, i a mi em sembla que tampoc no m'entenia perquè, quan estàvem sols, si li deia que vingués de vegades venia, però altres cops no venia, es quedava quiet, assegut i bellugant les orelles, o se n'anava cap al menjador. I el fantasma no era ningú, era una cosa que m'havia inventat un dia i que de vegades veia i de vegades no, però no s'hi podia parlar.

En la resta de la gent, no hi confiava. Hi havia la mama, el papa i l'avi, la senyora dels cabells pèl-roigs, el seu marit, els veïns, la gent desconeguda que venia de vegades, els mestres, el nen guenyo, les bessones, els altres nens i les nenes de l'escola... També hi havia la gent que passava pel carrer i que no tornava a veure mai més; la gent que sortia per la televisió; la gent que estava retratada a les revistes...

A les revistes, a la televisió i a les pel·lícules gairebé tothom era de colors, però de vegades eren en blanc i negre, cosa que em feia venir molt mal de cap.

Així que no sabia què havia de fer en cada cas, què havia de dir, i per això generalment em quedava quiet i no parlava; per això la mama em duia tantes vegades al metge i em feia fer aquella gimnàstica i per això mateix m'havia de prendre el xarop i tota aquella merda.

L'últim metge que vam anar a veure semblava més vell que nosaltres, vull dir més vell que el papa i la mama i la iaia, i des del primer moment no va parar de preguntar-me coses que jo no volia contestar. No li vaig voler dir si de nit em tocava la piula, ni li vaig dir res de si a l'escola tenia amics, ni li vaig parlar de la japonesa, ni res. Ell em preguntava si sempre estava tan callat, i jo per dintre meu reia, però per fora no se'm notava res, i ell bellugava el cap.

En una d'aquelles visites la mama i el papa es van posar molt nerviosos i tots tres van parlar durant una estona sense fer-me cas. Després em van fer esperar fora del despatx, en una sala on hi havia revistes amb fotografies: platges d'arena blanca limitades pels pins; dones joves amb vestits llargs fins als peus i fent postures rares; dones que només duien sostenidors i calces com les que havia vist a la mama; nens rient, amb la boca ben oberta; rius amples i serens; mones gegants i de color negre, més grans que els homes; plats de fruita i de gelats molt bons; cotxes...

La mama va sortir plorant, i el papa va donar la mà a aquell home dues vegades, una a la porta del despatx i la segona poc abans de començar a baixar l'escala. La mama em va passar el braç per l'espatlla i em va estrènyer una mica contra el seu cos.

«Vols anar a berenar?», em va preguntar.

Jo no li vaig dir res. Havia dit berenar, i berenar volia dir anar a una granja sorollosa on em feien menjar galetes i xocolata, que més tard em feia venir cremor d'estómac i que alguna vegada fins i tot m'havia fet vomitar... Quan vam ser al carrer m'ho va tornar a preguntar:

«Vols berenar?», i jo novament vaig pensar que em convenia més no dir res.

Des d'aquella visita al metge vell la mama no em deixava estar ni un minut, i m'empipava més que mai amb els deures que havia de fer, amb els dibuixos, amb els exercicis de les cames i dels braços... També m'obligava a parar la taula a l'hora de sopar i a desparar-la en haver acabat. Però en canvi ja no em deia res si menjava o dibuixava amb la mà esquerra, cosa que a mi em feia dubtar i me la quedava mirant perquè em digués què havia de fer. Quan em quedava tot sol em posava a pensar en aquella nena japonesa de l'escola, en la manera que tenia de posar els ditets, o en els cabells tan nets i tan ben pentinats que duia. Amb ella no em calia dir res, només havia de mirar-la i estàvem bé.

En canvi a casa tot s'havia tornat desagradable.

Un diumenge van venir a dinar uns veïns de la iaia, i jo els tenia molta ràbia i pensava que no me'ls estimava gens i que els volia matar. Ella parlava amb la mama a la cuina, ell parlava amb el papa al jardí; van deixar que s'escapés el gat, i també van entrar a la meva habitació i van canviar les coses de lloc.

Jo tancava els ulls i pensava que volia que marxessin de seguida i, si no marxaven, doncs, que a ella li agafés un mal de panxa que fes falta dur-la amb una ambulància i amb una llitera d'aquelles de rodes; quant a ell, doncs, que vinguessin gossos i que li mosseguessin la cara i l'obliguessin a marxar.

Però les coses no sortien mai com jo volia, i aquella visita va ser molt llarga, i jo feia esforços per no posar-me a plorar. Notava un nus al coll que m'era difícil de tirar avall i, de mica en mica, aquell nus s'anava tornant com la tristor. Per això no tenia ganes de fer res i només tenia aquelles ganes de plorar. I em devien caure algunes llàgrimes, perquè la mama em va dur al racó del sofà i em va dir a l'orella que no plorés, que aquells senyors marxarien de seguida.

Em vaig quedar davant de la tele sense que m'agradés res del que feien. Vaig anar a la meva habitació per si havia tornat el gat, però encara era fora. Després vaig anar a mirar per la finestra, però ja era fosc i només es veien els llums dels cotxes quan passaven, ràpidament.

Els arbres del carrer, dels quals només veia la silueta fosca, també eren lletjos, i les cases del davant, especialment aquell bloc de pisos fet de maons que semblava a mig acabar, també ho eren.

Al cap d'un cert temps vaig aconseguir de determinar en què consistien els canvis que la mama estava fent.

Per una banda era allò dels cabells blancs a les temples, que ella intentava de dissimular fent-se pentinats diferents, i d'altra banda les inflamacions que tenia dessota dels ulls, que s'anaven convertint en una carn més tova i arrugada. Alguns dies aquestes bosses li marxaven, i llavors semblava més contenta i estava amable, però normalment les tenia i a mi em feia anar a l'habitació o em deia que volia estar sola un moment, i es passava tot el matí al sofà, de vegades amb una mà als ulls.

I també va canviar en altres coses. Jo la recordava fent feines de la casa, fregant els plats, traient la pols, endreçant la roba... Quan no estava per això llegia alguna revista. En canvi des de feia una temporada es quedava molta estona al sofà sense llegir, sense mirar la televisió, sense fer res concret. Es posava un coixí a l'esquena i semblava que volia dormir. Si sonava el telèfon em deia que no l'agafés; si venia algú a visitar-la, ella no es movia del sofà, i era jo qui havia d'anar a obrir la porta.

«Com estàs?», li preguntaven els qui la venien a veure.

«Millor», els contestava ella. «Molt millor».

Venia a visitar-la la gent de sempre; però també van començar a venir persones que jo no havia vist mai, com per exemple aquella senyora amb els cabells tenyits de color palla i que tenia les cames inflades i plenes de venes; aquesta senyora, que venia de tant en tant, es va posar a fer feines que eren de la mama: fregava els plats, fregava el terra, treia la pols, planxava la roba...

Quan marxava deixava les coses endreçades i netes, però mentre era a casa jo em sentia brut i ofès. I no era només pel soroll que feia, ni per com escampava les coses, o perquè les canviava de lloc; era, sobretot, pel primer que feia quan arribava a casa, que era obrir les portes i deixar-les obertes; les portes dels armaris, la de la cuina, la del bany, la de la meva habitació, la de l'habitació de la mama i del papa... Tot era obert d'una manera ultrajant, i també em semblava que era un desatenció deixar-me a casa en aquell desordre.

Perquè els dies que venia aquella senyora tampoc no em podia quedar a l'habitació fins que ella marxava, ja que hi entrava de sobte, arrossegava la cistella de les joguines de quan era petit, treia el gat acompanyant-lo amb el peu, deixava una pila de roba a la taula de dibuixar... De vegades me la mirava amb espant perquè no entenia què estava fent.

També va venir un home prim, amb un bigoti fi, que m'ajudava a fer la gimnàstica en comptes de la mama. Entrava a l'habitació i es treia l'americana, una americana que deixava a qualsevol lloc, després es posava una bata blanca i em deia que m'ajagués al llit, de bocaterrosa. Llavors m'untava amb una pomada que feia una olor molt fresca, com la que el papa es posava després d'afaitar-se, i començava a fregar-me l'esquena, resseguint-me les vèrtebres, prement-me les espatlles, els braços, les cames... Més tard em feia girar i repetia el mateix a la banda de davant. Era diferent del que em feia la mama, però s'hi assemblava.

Jo trobava que aquella gent era antipàtica i estranya; antipàtica perquè no em tractaven com ho feien la mama o la iaia, i estranya perquè només els recordava per detalls xocants: el bigoti fi d'aquell senyor de la bata blanca; les cames i els braços inflats d'aquella senyora que obria les portes...

I no era únicament a casa que hi havia gent així; de sobte, passejant amb la mama pel carrer, havia vist en un balcó que feia cantonada una aparició blanca, una senyora vella amb els cabells llargs deixats anar i que duia una camisa igualment blanca i llarga fins als peus, com una morta.

Un altre dia, quan vam anar al teatre amb l'escola, vaig veure un home gras que seia en un cotxe, a la banda del volant, tot fumant-se un cigar; a aquell home, entre pipada i pipada, se li escapava el somriure.

Anant a comprar amb la mama em vaig fixar en la dependenta de la peixateria, que obria un peix amb els dits sense deixar de parlar amb la clienta i que, mecànicament, li arrencava les entranyes i les llençava en una galleda d'escombraries.

Mentre esperàvem l'autobús, per anar de casa

a la botiga del papa, vaig veure una venedora que, cada vegada que s'ajupia, ensenyava els pits per l'escot de la brusa.

També anant amb la mama em vaig fixar en la dependenta d'una perfumeria, que duia els llavis molt ben pintats i que deixava olorar mostres de perfums a un senyor que era més baixet que ella.

Moltes coses es van tornar rares i jo no parava de fer descobriments que em desconcertaven. Però el que més em va impressionar va ser, precisament, adonar-me dels canvis. Fins aleshores havia cregut que els vells sempre eren vells, que els grans sempre eren grans i que els nens només creixien fins a ser grans. Però a través de la mama vaig arribar a la conclusió que els qui en aquell moment eren vells havien estat joves en un altre moment, i que els qui ara eren joves un dia serien vells.

Això, ho vaig trobar monstruós i desagradable ja que els vells, tret de la iaia, feien una mica de fàstic. Tenien les cares toves, moltes arrugues i els ulls plorosos, i caminaven a poc a poc...

A partir d'haver fet aquest descobriment sovint em quedava mirant la gent que era gran per veure com envellien, però no es veia res, sempre estaven igual per molta estona que els mirés, per la qual cosa vaig deduir que els grans envellien de nit, quan jo no els veia.

Així que una nit em vaig llevar per anar a l'habitació de la mama i del papa i mirar-los. Sense fer soroll vaig encendre el llum del passadís i vaig entrar a l'habitació; la mama anava escabellada i semblava que patís un mica, abraçada al coixí; el papa va moure els llavis un parell de vegades i va treure la punta de la llengua. Tret d'això no vaig veure que el front se'ls arrugués, o que les venetes fines que la mama tenia a les mans es fessin més gruixudes... Però com que hi havia poca llum m'hi devia acostar massa perquè la mama es va despertar i em va fer tornar al llit.

Als matins els mirava una altra vegada per si, efectivament, havien fet canvis. Alguna vegada la mama tenia aquella cosa inflada sota dels ulls, i altres vegades no li notava res.

En tot cas el papa contradeia aquesta deducció meva, ja que a ell sempre l'havia vist igual; ell sempre duia aquell bigoti, sempre feia aquell somriure que no canviava mai. Potser va ser a causa d'això que em va començar a agradar de sortir amb ell més que no pas amb la mama. Em duia al cinema i, després de veure la pel·lícula, mentre tornàvem a casa, em preguntava si m'havia agradat, i jo sempre li contestava que sí. Ell assentia amb el cap i no em deia res més.

Especialment recordava un vespre que tornàvem a casa quan ja s'havia fet fosc. Caminàvem a poc a poc i jo em vaig posar a pensar en la japonesa, segurament perquè havíem vist una pel·lícula de colors i de guerra en la qual uns que tenien els ulls com ella, però que eren dolents, posaven els bons en unes gàbies de bambú i els donaven un menjar que feia fàstic i que, de tan dolent que era, havien de llençar a les rates.

Sobtadament va començar a caure un ruixat molt fi que de mica en mica s'anà fent més consistent, amb gotes com més anava més grosses i sorolloses. El papa i jo ens vam amagar en una porteria i ens vam quedar mirant la pluja. Jo notava que el ventet ens duia la frescor de la nit i de l'aigua que queia, i que també hi havia altra gent que estaven esperant que afluixés una mica. I aleshores ell es va treure l'americana, me la va posar damunt del cap i em va preguntar si m'atrevia a sortir:

«Sí», li vaig contestar.

«Doncs tapa't», va afegir.

La mama no m'hauria deixat fer una cosa així i, en arribar a casa, ella es va enfadar molt perquè m'havia mullat els peus.

Mentre el papa i la mama en parlaven jo era a la meva habitació, amb els cabells encara humits, i dubtava de dir al papa res de la japonesa. Però després, jugant amb el gat, me'n vaig oblidar.

Havia descobert que, si no deixava sortir el gat quan ell volia, la cua se li posava dura i la començava a bellugar; en canvi, altres vegades, si deixava la porta oberta, ell tot sol es rebolcava per terra i es quedava una estona panxa enlaire, ensenyant-me aquell ventre rosat que era tan tou, tan tendre i delicat.

També m'havia fixat en els moviments rotatoris que feia amb les orelles, en la manera que tenia d'eriçar el pèl, de posar les potes rígides i d'arquejar l'espinada. Però el més interessant era el que feia amb els bigotis quan estava atent a alguna cosa que l'interessava: els bellugava endavant o bé endarrere, i amb la mirada fixa.

També va ser durant aquells dies quan vaig començar a comparar tothom amb mi mateix. La mama, per exemple, era gairebé de la mateixa alçada que jo, tot i els talons que duia; ella tenia pits, i jo no en tenia; ella duia els cabells llargs —recollits al clatell o bé deixats anar, com quan sortia de la dutxa duent-los ben molls i s'asseia al pati fins que s'eixugaven—, ella tenia aquella cosa inflada a sota dels ulls i jo no, perquè quan m'ho tocava ho notava ben llis, tibant i sense cap arruga.

La iaia no era tan alta com jo, i duia els cabells curts i pentinats de perruqueria; a mi, en canvi, a la perruqueria m'escabellaven la part del davant. La iaia tenia les mans arrugades, plenes de pigues, i no eren com les meves, blanques com tota la meva pell i amb els dits tan prims i rectes com els de la japonesa. La iaia caminava a poc a poc, i jo anava més de pressa que ella, i m'enfilava a les roques, cosa que ella no sabia fer.

El papa era una mica més alt que jo. També

era ros, però tenia pocs cabells i jo en tenia molts. Ell somreia sovint i jo aleshores ja gairebé no somreia mai. Ell duia el bigoti, i jo no en duia ni en duria perquè em feia vergonya pensar que pogués arribar a tenir aquells pèls sota el nas...

La japonesa era més baixa que jo, i era japonesa i jo no. Tenia les parpelles tallades amb una gillete, i jo les tenia com el gat. Ella tenia una mica de pits i jo no en tenia gens; ella tenia els cabells negres, brillants, i jo els tenia rossos com el papa i com la mama. En canvi, les mans, la japonesa i jo les teníem semblants...

El nen estràbic era més alt que jo, i més gran, però també era més lleig...

El gat i jo, és clar, érem ben diferents. Jo era alt i ell era baix. Ell saltava per les parets i jo, quan volia córrer i saltar, sempre m'havia fet mal. Ell tenia un pèl de color beix que li cobria tot el cos, i jo tenia poc pèl i se'm veia la pell blanca.

Amb l'avi també érem molt diferents: ell era vell i jo no, ell tenia els cabells blancs i jo els tenia rossos. Ell duia ulleres i jo no... Era divertit comparar-se amb els altres perquè m'adonava de les diferències que hi havia entre jo i la gent i, alhora, anava descobrint com era jo mateix.

Fins aleshores no recordava haver-me mirat mai al mirall, i només tenia consciència de mi mateix per les fotografies que repassàvem a casa de la iaia. Però a la majoria d'aquelles fotografies ja no m'hi reconeixia, i fins i tot en aquelles on sí que ho feia, tenia moltes coses canviades: m'havia fet més alt, duia els cabells d'una altra manera, sempre anava amb pantalons llargs... Fins i tot els llavis m'havien canviat: a les fotografies gairebé no se'm veien, i en canvi aleshores ja els tenia més amples i més macos. Però els ulls eren els mateixos: grossos i amb una mirada clara.

A l'escola també m'adonava que, tot i que les coses semblaven netes, hi havia racons bruts i desagradables. Per exemple, la taula de la mestra, que sempre era plena de papers i de barretes de ceres de colors, o la pissarra verda, que sempre era bruta de paraules mig esborrades i de la pols del guix; o aquell moble que hi havia al costat de la taula de la mestra, que era farcit de contes, de retalls de diaris i de revistes, desorganitzat; la vidriera que hi havia a l'aula on anava aleshores, que era més petita que l'anterior i que no donava al jardí...

Però el més molest era l'olor que feien aquells nois quan es posaven junts; era una olor lleugerament agra, que es notaba sobretot els dilluns al matí, després d'haver passat tot el cap de setmana a casa. Una olor en què es barrejaven les colònies diferents que duia cadascú i la fortor de peus que pujava de dessota de les taules. Amb tot, el pitjor era aquella cosa avinagrada que es notava sovint, i que s'accentuava amb el bon temps, quan a l'aula començava a fer calor, quan havien d'abaixar la vela de color groc del pati. Alguns dies sortia de la classe i anava als wàters a vomitar, i després tornava com si no hagués passat res i m'asseia a la meva taula, tot i sentir una mica de fàstic a causa del mal gust de boca que em quedava.

Però de l'escola, en qui més pensava era en el nen estràbic, que veia de tant en tant i només de passada, sense aconseguir que em fes cas, i en la nena japonesa, que no veia mai. Em semblava injust que essent-hi tan a la vora no els pogués veure quan en tingués ganes. «No vull res més que això», pensava, i em semblava que hi tenia alguna mena de dret que se m'estava negant. D'ell, en sabia algunes coses; en canvi, d'ella, no en sabia res. Me la imaginava posant la seva maneta en la meva mà per comparar-ne les mides, la veia somriure i fer-se una trena... No li feia res de mal, només li tocava els cabells i li passava els dits per aquells pòmuls una mica ensorrats i per les galtes inflades.

Però si hi pensava amb més detall m'adonava que havia començat a oblidar la japonesa, que només la recordava a grans trets, que ja no sabia dir si els ulls eren ben bé negres o si eren d'un marró fosc; tampoc no sabia com tenia els llavis, ni si el dia que la vaig conèixer duia els cabells deixats anar o no. Segurament era per això que tenia ganes de seure-hi al costat i de mirar-la.

Així que a partir d'un dia, que recordo que era molt núvol, durant l'estona que teníem per jugar, jo em vaig dedicar a recórrer els jardins mirant de trobar-la.

Cada dia començava per la part de baix, per l'entrada i anava pujant pel passeig de les palmeres, pasava per la piscina, tornava a les zones on hi havia les anelles, les tortugues foradades i els tobogans; m'arribava fins al laberint, hi entrava, en sortia per un accés, hi entrava per l'altre; tornava als vestidors, als arbres dels ocells caganers on mai no anava ningú, passava per darrere de l'edifici central, vorejava l'edifici de les aules de música, pujava per l'avinguda dels xiprers...

«Que et passa res?», m'havia dit alguna vegada una mestra.

«Res», contestava jo, i continuava buscant.

Veia nenes rosses, nenes altes i primes, nenes baixes i amb dues trenes, nenes més grans, nenes petites... Cap no era igual que la japonesa i cap no tenia aquella manera de fer tan agradosa, tot i que vaig veure nenes potser més guapes que ella.

Jo preferia pensar que tard o d'hora la trobaria, i que aleshores podríem quedar-nos molta estona junts; però passaven els dies i no la veia, i segons com no podia pensar en res més.

A la classe, com que havia de seure prop de la nena bessona, que es bellugava contínuament i que agafava els llapis dels nens de les taules del costat, jo m'anava posant nerviós. I a més tenia el dubte de saber quina de les dues germanes era la que seia aquell dia prop meu. Era un dubte, d'altra banda, que també tenia la mestra, ja que, algunes vegades, havia posat una cinta de color vermell al canell d'aquella nena per distingir-la de la seva germana.

Un dia que al defora feia fred, i que durant tot el matí el vent havia llançat les branques contra la vidriera de la classe, jo vaig començar a tenir la sospita que la japonesa no era a l'escola i que per això no la veia. Aquell dia la nena rossa que seia al meu costat s'entretenia fent punta a tot de llapis que hi havia damunt de la seva taula i no es bellugava gaire. A causa del vent i del fred no podíem sortir als jardins i ens havíem de quedar tancats a la classe. «Ja no hi és», pensava jo, i cada vegada que m'ho deia n'estava més convençut.

Llavors vaig començar a sentir una gran malícia a dintre del meu pit, com un odi fred, i vaig entendre que m'havien enganyat. Em vaig aixecar tan de pressa que vaig tirar a terra l'estoig de colors, el compàs i una carpeta fosca i horrible que em feien dur a la cartera. Quan em vaig trobar dret, en un racó de la classe, a tocar dels vidres, vaig voler sortir i per això em vaig posar a picar la vidriera amb els punys. No estava enfadat amb ningú, només volia sortir.

Però aquella vidriera no s'obria i em vaig posar a xisclar i a cridar i a donar cops de cap als altres nens que hi havia al meu costat. La nena rossa, la vaig tirar a terra d'una empenta, i ella també es va posar a xisclar, i a un nen li vaig agafar el cap i l'hi vaig estampar contra la taula.

La mestra es devia espantar perquè, com una boja, va posar-se a cridar per tal de fer sortir ràpidament els nens de l'aula. La recordo bé, dreta a la tarima des d'on ens parlava de l'aigua i del gas, dels romans i de la vida del nen Jesús, bellugant els braços per fer sortir tothom.

Jo hauria volgut dir-li que no passava res, que únicament volia saber si la japonesa era o no era a l'escola, però en comptes d'això em trobava pegant als nens que encara eren a la classe, i tirant-los tot el que arreplegava.

Quan tothom va ser fora, quan ens vam quedar la mestra i jo sols, em vaig asseure a terra i, abraçat als genolls, em vaig posar a plorar silenciosament. Estava disposat a deixar-me fer el que volguessin; però abans encara vaig clavar un cop de peu a una cadira que tenia al davant i que em feia nosa.

Després d'aquest accident em van fer quedar una altra vegada a casa perquè, segons em va dir la mama, havia de descansar. M'agradava quedar-me a casa, ja que, tret dels dies que venia aquella senyora que netejava i que deixava les portes obertes, em podia llevar tard i la mama em duia tebeos al llit i fins i tot l'esmorzar. De tota manera, aquella vegada, els primers dies jo ho rebutjava tot. La mama insistia i, segons com em venia, jo la deixava fer fins que tenia el llit ple de regals i, aleshores, bellugava els peus de pressa i els llençava a terra. La mama ho recollia tot amb un aire de cansament, i em deia:

«No ho faràs més, oi?» Jo la mirava i no contestava res.

De veritat de veritat no sabia què tenia ganes de fer ni què volia. Per una banda tenia ganes de tornar a l'escola perquè hi havia més espai que a casa, i també perquè, algun dia, el nen dels ulls malalts deixava que m'hi acostés mentre ell fumava d'amagat, darrere les mates del laberint.

«Aquest no dirà res», explicava als seus companys, que també fumaven, i jo estava content.

Però quedar-se a casa també tenia avantatges, ja que, quan estava malalt, la mama no em feia parar la taula ni coses així.

Quan als vespres la mama venia a la meva habitació i s'asseia als peus del llit i em tocava les cames, em feia una mica de pena i me la mirava dubtant si havia de continuar fent les coses com les feia; però alguna vegada no m'agradava res del que em regalava, o s'asseia talment al llit que em tibava els llençols i, en notar que la roba em lligava els peus, tornava a trobar-la lletja, i estava segur que, tot i que mai no li havia dit res, ella era la responsable que la japonesa no fos a l'escola.

Llavors em posava expressament a pensar en la nena molta estona. Era maca, sabia dibuixar bé, tenia uns dits que jo li hauria volgut xupar molt poc a poc, m'agradaven els seus ulls foscos, que gairebé no es veien, els llavis, que sempre semblaven una mica inflats, el coll llarg i prim, el clatell, pel qual em semblava que, quan duia els cabells recollits, es veia que baixava una mica de borrissol per l'esquena, i aquell front arrodonit i ample...

Tenia ganes de veure-la, però més que no pas això, del que tenia ganes era que ella i jo féssim alguna cosa junts: anar a passejar pels jardins de l'escola, seure plegats a mirar la televisió, que a l'escola segués al meu costat... Era com si la japonesa s'hagués ficat a dintre meu i no la pogués treure. De vegades es bellugava, però moltes estones s'estava quieta, adormida, cosa que també m'agradava perquè sempre tenia la certesa que hi era. La imaginava amb un llaç de color blanc als cabells, amb un pentinat diferent, vestida amb texans, amb pantalons curts, amb faldilles prisades, bruses blanques, polos... Com més m'agradava era quan duia els cabells lligats en una cua, i de la manera que estava més lletja era amb els cabells arrissats. La roba que li quedava millor eren els vestits amples amb unes faixes de colors ben vius.

Sempre acabava per veure-la caminant amb mi, jugant tots dos amb els peus a l'aigua de la piscina, sentint-la cantar a l'aula de música, asseguts junts a terra i amb les esquenes recolzades en el tronc d'una palmera altíssima que, quan nosaltres tiràvem els caps enrere, em semblava que es posava a bellugar les palmes tènuement.

Una tarda el papa em va regalar una capsa nova de retoladors que em va agradar molt perquè hi havia moltíssimes variants d'uns mateixos colors: el vermell podia ser molt fosc, ataronjat o bé del tot encès, tirant a morat o gairebé de color rosa, semblant al taronja... El verd podia ser quasi negre, o brillant com la gespa de casa, o més aviat pàl·lid i d'un color aigualit... I el blau anava d'uns tons foscos com la nit a un blau cel que era pràcticament blanc, passant per blaus turqueses, blaus de mar, blaus que semblaven violetes...

Un altre dia el senyor que em feia el massatge em va estar molta estona fregant els peus, prement-me els dits, resseguint-me amb els polzes la forma del taló, i no em va posar aquella pomada blanca pel cos. Em va preguntar quants anys tenia, cosa que vaig trobar molt sospitosa, i no li vaig contestar.

«Que no saps parlar?», em va dir una mica enfadat i sense deixar de tocar-me un dels peus. Tampoc no li vaig dir res, i aleshores es va posar a explicar-me que anava a fer massatge a casa d'un noi que no era tan gran com jo i que ja sabia parlar i contestava tot el que ell li preguntava. Jo l'escoltava amb atenció.

«Ara, si tu no parles, no el podràs conèixer», va dir finalment.

Durant una estona llarga va continuar tocant-me el peu dret, i després es va posar a remenar-me l'esquerre. Jo el mirava de reüll. A mi m'era indiferent conèixer aquell noi o no conèixer-lo. Quan va acabar el massatge es va rentar les mans al bany, es va treure la bata i va marxar.

Aquells dies se'm van fer llargs i avorrits. Tenia ganes de preguntar per què havia de descansar i, si estava malalt, quina era la malaltia que tenia, però no ho feia. Tenia ganes d'explicar a algú que estava trist i que no sabia què tenia ganes de fer, però no ho feia.

Només sabia del cert que si em posava a dibuixar em cansava de seguida de fer vaixells, de fer mones, palmeres, boscos i gats amb els retoladors nous; dibuixava el que em venia al cap, però després no se m'acudia res més i, quan feia una estona que tenia el retolador als dits i que mirava el paper sense fer res, ho deixava córrer i començava a treure les joguines de quan era petit de la cistella, o obria les portes dels armaris i em mirava la meva roba.

L'avorriment era tan gran que no tenia ni ganes de veure el gat. De fet no el volia veure perquè em va semblar que feia una pudor que no havia fet mai. No n'estava segur, però quan li passava el nas per tot el cos, i especialment per la panxa de color rosa, li feia mala olor.

A part d'això, una tarda en què el tenia agafat per les potes del darrere i el posava cap per avall, va treure les ungles d'aquells coixinets que tenia a les potes i em va voler esgarrapar mentre bufava. Llavors el vaig deixar damunt de la taula de dibuix i vaig agafar les tisores de punta rodona amb les quals tallava el paper; quan les vaig tenir a la mà esquerra vaig lligar el gat entre el meu cos i el braç dret, li vaig subjectar el cap amb la mà i, amb molta cura, li vaig començar a tallar aquelles antenes que tenia per bigotis, aquells pèls gruixuts que ja no vindria a bellugar mai més al meu davant.

«Si m'emprenyes et trec un ull», li vaig dir a l'orella mentre el mirava.

Ell s'estava quiet perquè jo el subjectava pel cap i per la barra i també perquè sabia el que li podia passar.

Un altre dia, mentre la mama m'omplia la banyera, el vaig agafar pel bescoll i el vaig llançar a l'aigua perquè es rentés; ell ho va esquitxar tot i es va tornar boig intentant sortir-ne i, com que relliscava, va fer pertot un gran mullader; finalment va aconseguir d'arrapar-se a la sabonera i, fent un salt, va desaparèixer cap al jardí.

Ja no me l'estimava gens, aquell gat pudent, ni la mama tampoc, ni gairebé ningú, perquè amb el temps tothom es tornava lleig i tothom tenia la culpa que jo no veiés la japonesa, que no pogués saber de cert si era a l'escola i que jo tingués mal humor.

I si la japonesa no era a l'escola això volia dir que se l'havien emportada en un lloc brut per matar-la. L'havien despullada i després l'havien tirada a les escombraries; més tard vindria aquell camió tan gros que carregava els contenidors de les escombraries i se l'enduria cap aquells forns on ho cremaven tot. No la veuria mai més. I també estava segur que ningú no l'aniria a buscar, ni el papa, ni la mama, ni l'avi, ningú, perquè ells no sabien qui era la japonesa. I jo no hi podia anar perquè estava malalt i havia de descansar.

No em feia mal el cap ni res, però sabia que estava malalt perquè no anava a escola i també perquè alguna vegada em sentia com si m'anés apagant i m'envaïa una gran tristessa. Es veu que, a més, em tornava blanc com el paper i que tremolava com si tingués fred. Llavors la mama em posava al llit, em tapava bé, em deixava quasi a les fosques i el fred m'anava passant.

De coses així, n'havia tingudes sempre, i sempre m'agafaven ganes de plorar sense saber per què. Em sentia menys fort que els altres nens, i de vegades només volia dormir, cosa que també em feia por perquè, quan tancava els ulls, no sabia si els tornaria a obrir mai més. I si no els obria mai més no tornaria a veure ningú. Podia ser que en comptes de dormir morís i aleshores ja no parlaria amb la mama... Tot era difícil, tot costava massa, i per això estava cansat.

Només estava bé a les nits, quan el papa i la mama m'apagaven el llum de l'habitació i ajustaven la porta. En aquell moment em sentia segur, amb tot el temps del món per a mi, i em deixava anar en una calma agradable on no hi havia ni escoles, ni piscines, ni jardins.

Jo sol jugant a pilota, jo sol nedant a la mar, jo sol assegut en aquella cadira que van deixar prop de la piscina de l'escola el dia que vaig conèixer la japonesa...

Després van venir uns dies de més fred. Jo quasi no sortia al carrer, però a través de la finestra veia passar la gent molt abrigada, amb bufandes i guants. Quan em llevava el jardí estava gebrat, i fins al cap d'una estona no començava a desglaçar-se i a recuperar els colors.

La mama m'ensenyava els mateixos llibres que a l'escola, i també miràvem fotografies, escoltàvem música i m'explicava moltes coses. No eren contes com el de Cully Cully; eren històries que havien passat feia temps, segurament quan jo era tan petit que no me'n recordava. Històries com aquella d'un emperador que va fer cremar la ciutat on vivia, o la d'un senyor nord-americà que van enviar a la lluna amb un coet, o la d'un nen que des que tenia set anys sabia tocar el piano...

Una de les històries que em va explicar era treta d'un llibre amb molts dibuixos que ella m'anava assenyalant amb el dit. Era la història d'un senyor que havia anat a la guerra i que, després, volia tornar a casa seva, a una illa semblant a la dels meus cosins. Però en iniciar el retorn, en un vaixell com el que havia pintat la japonesa, aquest senyor i els seus companys es perdien. Navegant navegant arribaven amb el vaixell a una terra on viu un gegant que només té un ull, i que els tanca tots en una cova. Per poder-ne sortir, els presoners fan beure molt vi al gegant i, quan aquest ja està mig adormit, li claven una estaca a l'ull i així, a causa del dolor, el gegant busca la sortida de la cova i aquells homes es poden escapar. D'allí van a l'illa, on vivia el rei dels vents i, quan gairebé eren a casa seva, una tempesta horrible allunya el vaixell de la costa i el fa perdre novament mar endins. Primer van a parar a la terra d'un altre gegant, i després van a una terra de bruixes on uns quants homes es tornen porcs. Quan s'han desfet de l'encanteri poden marxar, però abans fan una visita a la terra dels morts, on aquell senyor veu tot de morts coneguts i té molta por. La mama d'aquest senyor, que era morta, li va dir que havia de tornar aviat a casa seva i, quan ella la volia abraçar, ella se li esmunyia entre les mans com una ombra perquè era morta.

Aquesta història era molt llarga i jo l'escoltava encuriosit, però segons com ja no l'escoltava perquè no l'entenia i perquè em notava créixer dintre meu un sentiment amarg. Un sentiment estrany, ja que no tenia ganes de veure ningú tot i que desitjava molt que em visitessin. I no venia ni aquell nen guenyo de l'escola, no venia la mestra, no venia ningú. La mama, sí que la venien a visitar, encara que no estigués malalta. A mi no, perquè jo alguna vegada encara em feia pipí al damunt. Així que em quedava quiet prop de la finestra, sense dir res, i veia passar la gent i com canviaven les coses.

Un dia va nevar una mica i em va agradar veure els carrers i els cotxes blancs, però a la tarda ja no quedava gens de neu. Més tard es va posar a ploure, i quan es va fer fosc les llums dels fanals es reflectien al terra negre com si fossin estels.

En canvi, per molt que mirés la mama, mai no la veia canviar, tot i saber que es transformava. Es transformava, però, molt lentament, i no pas com ho feien els paisatges a la muntanya o tal com ho feia la mica de neu a les capotes dels cotxes, que es fonia en un moment i lliscava avall en forma de gotes d'aigua. No ho feia com el gat, que d'ençà que li havia tallat els pèls dels bigotis se'm quedava mirant com un imbècil... amb el caparró tot redreçat i els ulls lluents...

En aquells moments, quan pensava en aquestes coses, m'hauria agradat fer-me mal a mi mateix; m'hauria enfonsat els ulls, m'hauria obert la panxa, m'hauria arrencat la llengua, però em feia por fer-ho. I quan m'agafava aquesta por em quedava quiet prop de la finestra, o assegut al meu llit, o al wàter, i em deixava dur lentament cap al no-res. Aleshores tot era buit. Tot era calma. Tot era pla.

Si pensava en la japonesa em venien ganes de plorar. Si pensava en la iaia recordava el fantasma i rumiava que si en realitat jo estava esperant per morir-me i que aleshores només em podrien venir a veure si es perdien en una tempesta. Si pensava en l'escola passaven pel meu davant la mestra bellugant els braços, les germanes bessones que es treien les calcetes i que m'ensenyaven el cul, el guenyo que m'empenyia brutalment fins a tirar-me a la piscina...

Llavors la japonesa m'oferia la mà i m'ajudava a sortir de l'aigua. Ens assèiem al sol. M'ensenyava un dibuix.

Jo em mirava el dibuix i estava content de parlar amb aquella nena que era amable amb mi i que m'havia ajudat a sortir de l'aigua. La mirava amb tendresa, la trobava a faltar, la volia al meu costat, tenia ganes de veure-la sense que ningú ho sabés. No ho diria mai a ningú, allò de la japonesa. M'agradava que entre ella i jo hi hagués aquest secret.

Quan vaig tornar a l'escola ja no feia fred. Al matí del primer dia no podia parar quiet ni un moment, i sé que em tremolaven els llavis perquè, poc abans de pujar a l'autobús, la mama em va dir allò mateix que em deia altres vegades, que quan em posava així em tornava lleig, però jo no ho podia evitar.

Estava nerviós perquè tornava a l'escola, però també ho estava perquè no recordava exactament què havia passat; em sabia culpable d'alguna cosa sòrdida en relació amb l'escola i em feia vergonya tornar a veure la mestra. Així que aquell dia, durant el trajecte en autobús, no vaig veure l'edifici dels balcons rodons que hi havia a la dreta , just en entrar a l'autopista, ni em vaig adonar de si la senyoreta que ens acompanyava era la més jove o l'altra, que sovint estava malalta.

En canvi, en arribar a l'escola em vaig adonar que els arbres encara no havien començat a florir i que la gespa del passeig de les palmeres era molt verda i més neta que mai. També em va semblar que certes coses potser ja no eren tan grans com les recordava; per exemple, no eren tan grans els jardins, ni la meva classe, i especialment el lloc on jo m'asseia. De fet, entre la taula de la nena del costat, que ja no era la bessona, i la vidriera, quedava poc espai i poc aire per respirar. Si em bellugava tocava amb les cames la meva taula, i les cadires i la vidriera eren unes noses que em barraven el pas.

De tota manera el que més havia canviat era l'ambient de la classe; em va semblar que hi havia més quietud, que els nens treballaven molt i que la mestra gairebé no havia de renyar ningú. Quan em va veure em va preguntar com em trobava, em va acompanyar fins a la meva taula i després va acomiadar la mama al passadís. No vaig entendre com ho havia fet la mama per anar a l'escola ni per què parlava amb aquella senyoreta, i em van agafar una altra vegada ganes de plorar, però li havia dit que em portaria bé i em vaig aguantar perquè totes dues m'estaven mirant.

A mig matí la mestra es va posar a parlar de coses que jo no havia sentit mai i, per no avorrir-me, mirava un a un a tots els nens i nenes de la classe. La bessona, la vaig veure asseguda prop de la porta; un nen que duia ulleres de muntura transparent era a la segona fila; una nena amb trenes i ulls foscos em mirava sense parar; un nen gras i amb un borrissol ros al bigoti em feia gràcia...

Tret de la nena bessona aquella gent no recordava haver-la vista mai, ni estava gens segur que fossin els mateixos nens i nenes que hi havia abans d'estar malalt. En canvi l'aula sí que era la mateixa, i la mestra també. Igualment recordava la pissarra, els globus que penjaven del sostre, les cadires i la rajola esquerdada prop de la meva taula i moltes altres coses.

A l'hora de jugar vaig sortir als jardins una mica nerviós i amb la intenció de començar a buscar el nen que girava els ulls. Vaig voltar pertot arreu tal com ho havia fet altres vegades, anant de la piscina als vestidors i dels vestidors al laberint, per acabar baixant fins als gronxadors...

També vaig entrar al passeig aquell que als estius feia olor de roses, però no hi era. I aleshores, tot i estar envoltat de nens que cridaven, que s'enfilaven als bancs i que s'amagaven darrere les palmeres i els altres arbres, tot i el brogit, em vaig sentir aïllat, com si els veiés des de dintre d'una gran campana de vidre que amorosia les seves veus, els xiscles de les nenes i els xuts a la pilota que arribaven del camp de futbol.

Aquella escola ja no m'agradava. Ja no em temptava res del que ells feien; no m'agradava la manera que tenien de riure; no trobava cap sentit a tants moviments inútils. Si fos per mi ho hauria parat tot, hauria fet que tothom es quedés quiet allí on era i, després, ordenadament, d'un a un, els permetria de bellugar-se per fer una cosa precisa i clara: el de la bata descordada començaria a cordar-se-la a poc a poc, acarant primer el trau i el botó, empenyent-lo fins que passava del tot a l'altra banda; el que anava despentinat es passaria una pinta de pues amples pels cabells rossos; el que tenia taques vermelles de mercromina als genolls s'hi posaria primer una gasa, després hi enganxaria esparadrap; la nena de la diadema blanca recolliria unes fulles que eren a terra i prop de la paperera... Lentament tot s'aniria animant i acabaria per recuperar un ritme semblant al d'abans, però una mica més pausat i lògic.

Això mateix m'havia passat a casa amb la mama: de sobte em semblava que es bellugava excessivament, i aleshores tenia ganes de deturar-la, de deixar un temps de quietud i, després de la pausa, que recomencés el que estava fent fins feia poc. Només de pensar-ho ja em sentia lleugerament alliberat, però al cap de poc aquesta sensació s'esvania i la veia una altra vegada davant meu fent massa coses alhora: caminant, alçant el braç, traient la mà de la butxaca, somrient, arrugant el front...

Doncs a l'escola tot era exactament igual; tot era desordenat.

Un dia, després d'haver voltat pels jardins, i quan tornava a anar cap a l'edifici central, vaig veure la japonesa amb una mestra. Em va semblar que em quedava sense sang i que em faltaven forces per seguir caminant; també em vaig notar aquella suor freda al front de quan em posava malalt, i al cap d'un moment el cor em va començar a bategar com el galop d'un cavall.

Era la japonesa que jo recordava, caminant al costat de la mestra, amb la cara una mica ampla i aquells ulls de xinesa. Li vaig fer un somrís, però ella no em va veure. Llavors, impulsivament, la vaig seguir.

Ella i la mestra van travessar l'esplanada de l'edifici central i, després d'haver-se deturat un moment davant de la font, van continuar fins a les aules del bloc blau. Hi van entrar, i jo també, cosa que no havia fet mai.

Em va sorprendre descobrir que l'interior de l'edifici era molt lluminós i que hi havia uns passadissos amples amb aules a banda i banda que, a través d'unes grans vidrieres de fons, donaven a uns jardins que tampoc no coneixia, amb cactus i plantes estranyes.

Mentre passava per davant d'aquelles portes obertes, mirant les classes plenes de nens i nenes que treballaven, m'estranyava que ningú no em digués res. Una part del sostre era de vidre i podia veure el cel molt blau; hi havia quadres a les parets, grans testos amb flors...

Davant meu la japonesa anava agafada de la mà de la mestra, i ni una ni l'altra no s'adonaven que les seguia. Jo, naturalment, tenia ganes que la japonesa s'aturés per poder-la mirar i comprovar si encara tenia aquell color de pell quasi transparent de quan ens vam conèixer.

Però aleshores van entrar totes dues en una classe i jo em vaig aturar un moment, amagant-me una mica darrere d'un gran ficus. Després em vaig acostar a poc a poc i sense fer soroll a aquella aula on havien entrat. Com que la porta era oberta em vaig quedar assegut al banc del passadís, en un lloc on era impossible que la mestra em veiés i des d'on jo veia la japonesa perfectament. De seguida em van venir a la memòria tots els detalls agradables de com era. Aquell dia s'havia trenat els cabells, duia unes mitges de color clar, les sabates negres i una brusa blanca, un jersei de color carbassa i una faldilla fosca.

Mentre la mirava ella es va girar cap a mi i, amb un gest ràpid, es va posar les mans a la cara, com si anés a fer el xiscle que va fer la mama una vegada, però no el va fer. Només es va tapar la cara i va abaixar una mica el cap.

Jo em notava l'esquena i el front suats i m'adonava que allò que estava fent era excepcional. També m'adonava que la japonesa, a poc a poc, començava a mirar-me sense treure's la mà de la cara, però separant els dits, i que després em mirava més obertament, somreia, abaixava una mica el cap; em mirava de reüll i em tornava a somriure. No sé si jo també somreia o no, perquè estava atabalat.

De l'interior de les classes no m'arribava cap mena de soroll i, a més, el passadís era clar, buit i silenciós; de tant en tant se sentia la veu d'una mestra. S'hi estava bé, en aquell passadís blanc, prop d'aquella nena que era diferent de les altres i que, a intervals, encara em mirava una mica.

Finalment em vaig aixecar i molt a poc a poc vaig tornar a la meva classe. Jo mateix m'estranyava de tot el que estava fent, m'estranyava d'haver entrar en aquell edifici, d'haver-me quedat mirant la japonesa assegut al banc del passadís, i també m'estranyava de marxar sense que ningú em digués res. M'estranyava, però estava content de fer totes aquelles coses exactament tal com les feia.

A partir d'aquell dia quan era l'hora de sortir al jardí em quedava una estona al costat de la mestra, tal com feia habitualment, i després iniciava el passeig, que començava pels voltants de la piscina i que, passant pels gronxadors i les palmeres, solia acabar a l'edifici Blau; aleshores hi entrava, mirava els grans testos amb plantes i, enamorat de la claror que arribava pertot arreu, em dirigia lentament pel passadís central cap a l'aula de la japonesa i m'asseia al banc des d'on era tan còmode de mirar-la. Ella un dia duia pantalons, l'endemà duia una faldilla amb roba de quadres, al cap d'uns dies més estrenava un vestit verd...

Quan l'anava a veure m'hi quedava poca estona perquè tenia por que em descobririen; però sempre era el temps suficient per poder-la mirar en detall. De tota manera, eren visites curtes, i alguna vegada ni ella mateixa es va adonar que la mirava. Quan em veia ja no es tapava la cara, sinó que somreia dissimuladament, amb una expressió que també li havia vist quan parlava amb la seva mestra i que, en realitat, no anava dirigida a mi. Al cap d'una mica, quan es cansava de mirar-me o s'oblidava que jo era al passadís, ja no es tornava a girar. A mi m'agradava veure-la de perfil i adonar-me que tenia l'esquena tan recta com la meva.

Aquelles escapades a l'edifici Blau també m'agradaven perquè em feien sentir que ja era un noi gran. Especialment vaig tenir aquesta sensació el dia que em van aturar per preguntarme què buscava; aleshores vaig contestar el nom de la meva classe i ells només em van fer notar que m'havia equivocat i em van indicar quina era la direcció correcta.

Com que aquestes peripècies eren divertides jo estava eufòric, i em sentia temptat d'explicarho tot, quan el trobés, al noi de l'ull girat i a la seva colla per tal que em deixessin anar amb ells sense problemes. Però la veritat era que de moment no els havia vistos, i per això continuava sent una cosa només per a mi tot sol, que feia d'amagat, i que em permetia de veure la japonesa molt sovint i de pensar-hi tot el dia.

Hi pensava quan em llevava perquè m'imaginava la roba que ella duria; mentre anava a l'escola amb l'autobús perquè temia que ella estigués malalta i que no hi fos; a la classe perquè podia passar alguna cosa que ens impedís de sortir als jardins; quan voltava prop del laberint perquè si la mestra em cridava per dirme res ja no tenia temps d'anar-hi; a les hores de dinar perquè algun cop havíem coincidit al menjador quan ella en sortia i jo hi entrava, cosa que no m'agradava tant com veure-la des del passadís... De nit jo mateix m'agafava la mà i me l'acariciava fent veure que era ella, i altres cops me l'estrenyia amb força fins a fer-me mal i em venien ganes de plorar, però en el fons estava content.

El que més m'agradava de la japonesa era que no es ficava en res meu, que em deixava fer les coses al meu aire i que no em deia res. Tenia ganes de parlar-hi, és clar, però també m'estava bé veure-la de lluny, saber que era a l'escola, tenir constància de què anava fent i de quina manera. Li agradava per exemple, entrecreuar els peus dessota de la cadira; sovint es posava una mà a la galta i es quedava mirant cap a on era la mestra, o tenia un paper a les mans però mirava cap al jardí de cactus que hi havia a l'altra banda de la vidriera. Gairebé sempre somreia i, quan, no ho feia, encara estava més maca i tota ella adquiria un aire serè i de noia gran que a mi em trasbalsava.

No podia deixar de pensar-hi com una cosa meva. I per això aquella vegada que no la vaig trobar a l'aula vaig tenir tanta ràbia i tanta por alhora. Però quan al cap d'uns quants dies hi vaig tornar ja s'estava al lloc de sempre.

La nit que a l'escola van organitzar el concert a l'esplanada de l'edifici central també la vaig veure. Amb els arbres com a decoració havien construït un petit escenari guarnit amb flors i banderoles i il·luminat amb dos grans canelobres, la llum de les bombetes dels quals simulaven les llengües enceses de les espelmes —tot i que als balcons hi havia uns reflectors que enviaven damunt dels músics una tènue llum groguenca que deixava les cadires que havien disposat al pati en penombres.

Jo seia entre el papa i la mama, davant de la tarima dels músics, i començava a notar l'oreig fresc de la nit. En aparèixer els músics es va fer un gran silenci i al cap d'una mica van començar a sentir-se les cadències d'aquell quintet que ens havia explicat la senyoreta el dia abans. Jo ja l'havia escoltada a casa, però aquella nit al pati de l'escola em va agradar més perquè vaig notar allò que deia la mestra: la barreja de solemnitat, d'intimitat i de festa. Segons com, sonaven tots els instruments alhora, com empenyent decididament alguna cosa, i de sobte es quedava sol el piano i feia que unes notes agudes saltironegessin com papallones i ocellets, fins a ser atrapades pel corn, per l'oboè o pel clarinet.

Aquella nit la mama estava molt maca i el papa també; de fet tothom s'havia vestit una mica elegant i algunes mames anaven escotades i duien petits portamonedes negres. Llavors vaig veure la japonesa, que era dues files darrere nostre, al costat dels seus pares, que no eren japonesos. Ella s'havia posat una jaqueta de color rosa. «Tot està bé. Avui tot està bé», vaig pensar mentre sonava la dolça melodia al piano i m'arribaven les olors d'algunes flors. Tot excepte aquell detall que els papes de la japonesa fossin com nosaltres, amb els ulls rodons i la cara gens ampla, normal.

De tant en tant em girava a mirar-los; estava segur que eren els seus pares perquè la tractaven com els meus em tractaven a mi: la mama li tenia una mà agafada, li deia coses a l'orella i li arreglava els cabells. Ella s'estava quieta i escoltava la música, i no em va mirar ni una sola vegada, ni tan sols de reüll.

Però després d'aquella nit de seguida va venir el bon temps i a l'escola van decidir de dur-nos alguns matins a la piscina o de sortir a dinar a la muntanya —que era molt avorrit perquè no anàvem als llocs on em duia la iaia—, i coses així que m'impedien d'anar a veure la japonesa quan jo volia. De manera que vaig començar a pensar que m'agradaria ser una altra persona, que no estava content de ser tal com era perquè sempre tenia mala sort, i vaig recordar una de les vegades que el guenyo m'havia separat del grup d'una empenta i sense cap motiu concret.

«Què fem?», em va dir aleshores, però no vaig entendre què volia de mi.

Hi havia moltes coses que no entenia, moltes coses que feia insegur i amb por. Per exemple, jo de vegades reia, però ho feia per seguir els altres i no pas perquè en tingués ganes de debò.

Des de feia temps no tenia mai ganes de riure, i això no volia pas dir que estigués trist. Com tampoc mai no tenia ganes de córrer, però de tant en tant ho feia per seguir els nois més grans.

I el mateix em passava amb altres coses que es feien a l'escola: pujava a la impremta i no entenia què feien amb els ordinadors; m'apuntaven per participar al cor i no aconseguia de cantar ni una sola nota; pintaven un mural a la paret que tancava els jardins de l'escola per la part del darrere i, sense voler, abocava un pot de pintura i tothom em renyava...

Però ja he dit que no estava trist o que només ho estava un moment, quan les coses no em sortien com jo volia; després me n'oblidava de seguida i continuava pensant en la manera de poder veure una altra vegada aquella nena.

De fet ni aquestes dificultats que havien aparegut inesperadament no em neguitejaven, cosa de la qual estava molt estranyat. Em notava un fons de tranquil·litat que no havia tingut mai, un fons amable que puntualment s'alterava per un revés però que de seguida tornava a la calma anterior. A més a més, les coses que entenia les acceptava millor que fins aleshores; per exemple: no podia veure el nen guenyo senzillament perquè amb l'arribada del bon temps el ritme de les activitats era diferent de la resta del curs; a la classe m'avorria més que abans perquè mentre havia estat malalt havien explicat unes coses que els altres sabien i jo no...

Era veritat que tenia mala sort i que potser m'hauria agradat més ser diferent, però alguna vegada també m'havia notat molt satisfet de com sabia callar. No respondre a les coses que em preguntaven, no dir res, resistir en silenci, tot això, segons com, em feia sentir millor que els altres. Però tot anava a estones.

Quan no tenia feina, a casa o a l'escola, sé que em quedava quiet com si contemplés un gran paisatge d'horitzó extremament llunyà. Moltes vegades no pensava res ni evocava ningú. Altres cops la japonesa era una presència lleu, gairebé imperceptible, que em despertava els sentiments més contradictoris, però sempre sense perdre la calma, una calma que em feia estar bé tot i la consciència de no entendre algunes coses i d'haver de fer esforços per incidents que, als altres, no els costava gens de superar.

I llavors, en aquest confort de no fer res i de gairebé no tenir cap recança, tan subtilment com de vegades apareixia la japonesa, m'envaïa la pregunta de què hi feia jo en aquell lloc, què hi feia jo, viu.

«Espero alguna cosa», em deia; però no sabia què estava esperant.

«Un dia seré diferent», em deia a mi mateix, i em quedava paralitzat com si no pogués anar més enllà. Feia l'esforç de continuar pensant i no se m'acudia res més que les mateixes paraules: «Un dia seré diferent». I em quedava com suspès d'un fil, sense respiració, mut amb mi mateix.

«Si fos un altre...», pensava alguna altra vegada; però aquesta idea tampoc no es concretava i, com aquells petits maldecaps que em venien de sobte al mig del front, o al clatell, i que es fonien de seguida, ja no sabia pensar en res més.

Va ser llavors quan la mama em va dir que al cap d'uns quants dies aniríem a casa de la iaia. Normalment anar a casa de la iaia m'agradava, però aquell cop em va semblar que m'enganyaven. El que la mama volia dir no era que hi anàvem per passar un cap de setmana; ella volia dir una altra cosa. I me'n vaig adonar perquè vaig veure que plegava moltes camises, que omplia moltes bosses i que tota la casa estava alterada com no l'havia vista mai. També mirava el papa, que treia roba de l'armari i la deixava damunt el meu llit i a la meva taula de dibuix. Després em vaig fixar que la mama omplia de paper de diari les sabates que desava en una bossa, i vaig veure que els pantalons tenien el séc de dalt a baix a cada camal i que la mama els plegava curosament... Llavors li vaig preguntar:

«I l'escola?», i ella em va contestar que l'escola ja s'havia acabat.

«Segurament ja no hi has de tornar mai més, fill meu», em va dir.

«Ja sóc gran?»

«Sí.»

Aquella nit, la vaig passar sense dormir; estava tranquil, però alhora em neguitejava un sentiment de pèrdua que em feia plorar silenciosament. No era ben bé plorar, era que em notava els ulls humits i alguna llàgrima que em baixava per les galtes. No sabia si estava content o no.

Així que, sobretot, plorava perquè no sabia a què atribuir aquell canvi. No sabia si havien descobert que anava a veure la japonesa i aquesta era una altra cosa de les que no es podien fer; o bé la mestra els havia dit que no podia tenir a la classe un noi que reia com un babau o que sempre s'estava massa seriós, sense dir res, massa quiet i tot. També vaig pensar que si no havia de tornar més a l'escola potser era perquè ja sabia tot el que havia de saber: els noms dels dinosaures, les races humanes, els astres i els meteors, els ocells, els arbres, les flors, els dibuixos i la música...

Estava segur que trobaria a faltar aquells jardins tan grans i que em sabria greu deixar de veure la japonesa i els altres nens que havia conegut. Era injust conèixer unes persones i després no poder-les veure més. I recordava l'estada a l'illa amb els meus cosins, les escapades al picador, on hi havia un cavall negre molt bonic, l'excursió al far; recordava igualment les estones en què malgrat tot, havia aconseguit de parlar amb el nen guenyo, aquella senyora pèl-roja amiga de la mama i del papa, que era escultora i que no havia vist des de feia temps... «Tots vénen un moment i de seguida se'n van», pensava desconcertat. I evocava els meus cosins duentme prop del molí que hi havia a les salines, allí on els ulls em feien mal a causa de la blancor del paisatge, i on ens havíem enfilat per les penyes que donaven directament a la mar (m'havia agradat tant de sentir la remor de la mar a sota meu i haver pensat que si relliscava potser moriria ofegat per sempre més!) També recordava haver anat amb ells i uns altres nois i dues noies a banyar-me en un lloc que es deia la piscina, que era prop de les roques foradades de la cala, i on deien que, un cop a l'aigua, els peus ja no ens tocaven a terra. I recordava haver pujat al campanar de l'església del poble, cosa que em va deixar parat perquè no sabia que l'illa fos tan gran i que els ulls servissin per mirar tan lluny: veia la plana infinita, les mil ratlles de les parets seques, les taques blanques dels pobles que hi havia pertot arreu, la mar a la banda de l'esquerra... Els meus cosins també em feien evocar el gust àcid dels tomàquets que dues iaies posaven en unes ampolles, o em venia a la memòria que jo els seguia fins a la bassa sense saber què anàvem a fer, i tenia por i m'amagava a casa... O el dia que vam trobar un gos mort tot ple de cucs blancs i un dels nois el va girar amb una canya i el cap del gos va rodolar fins a l'aigua...

Pensant pensant veia les nenes bessones, que es posaven al meu davant una al costat de l'altra i reien mentre s'aixecaven les faldilles i m'ensenyaven les calcetes. Veia el nen guenyo, i pensava que era un noi estrany que sempre estava enfadat i que a mi segurament em volia pegar perquè jo era més maco que ell. Una de les últimes vegades que el vaig veure m'havia empès enrere a copets mentre jo el mirava i ell em semblava opac a causa dels ulls esgarriats:

«Et follaré, tonto, et follaré», em deia mentre em donava aquells copets ara en una espatlla ara a l'altra. Érem ell i jo sols, en una de les aules de música, i quan vaig tocar amb l'esquena el gran mirall que hi havia a la paret ell es va posar a riure i va marxar.

Quan el guenyo em feia aquestes coses jo tenia ganes de ser diferent, de ser un altre, per poder-lo guanyar i que la japonesa veiés que jo tenia més força que no ell. Però de seguida m'agafava cangueli, i em deia que tornar-se diferent era molt fumut perquè em podia transformar en una persona que no agradés a la japonesa i aleshores tot s'hauria espatllat.

I també m'imaginava dues o tres mestres parlant amb la mama i mirant-me de reüll. Llavors pensava que el gat venia amb mi a l'escola, que es perdia pels jardins i que tot i buscar-lo hores i hores no compareixia i jo sabia, sense saber-ho, que li havia passat alguna cosa, que potser s'havia mort o què sé jo, perquè no era als vestidors de la piscina, ni amagat entre els instruments de l'aula de música, ni al gimnàs on fèiem els exercicis els dies que plovia, ni a la biblioteca amagat entre els llibres, no era enlloc.

De fet va arribar un moment que ja no sabia si qui s'amagava darrere dels instruments i entre els llibres era el gat o era jo; com tampoc no sabia amb certesa si realment el nen guenyo m'havia clavat aquells copets que em feien recular o m'ho estava inventant mentre dormia. Ni sabia si aquell mestre alt i barbut m'havia acompanyat a la classe per fer-me seure al lloc tot dient-me que no em bellugés de la cadira...

De mica en mica tot s'anava fent confús, i jo estava neguitós i fins i tot devia mossegar el coixí, i vaig tirar a terra el llum de la tauleta de nit.

L'endemà al matí, en notar una mà a l'espatlla, em vaig creure que era el noi guenyo que em tornava a empènyer, cosa que em va provocar un ensurt tot just començat el dia. Però en veure que era la mama vaig acabar d'obrir els ulls perquè sabia que tot aniria bé. I ho sabia perquè, quan era a casa, la mama no em feia llevar tan aviat com abans, ni em feia anar de pressa al bany, ni em renyava si el gat pujava damunt del llit. Era una mama diferent, potser menys somrient, però més amable.

Un dia la mama em va dir que si em llevava aviat aniríem ella i jo sols, en tren, a casa de la iaia i que el papa pujaria al cap d'uns quants dies. A mi allò em va fer tanta il·lusió que vaig oblidar totes les meves cabòries.

I, efectivament, el papa ens va acompanyar només fins a l'estació del tren. Jo duia una bossa petita, i la mama en duia una altra i el gat, que anava en una cistella de vímet. Jo estava impacient per agafar el tren, i no parava quiet, tan nerviós com aquell dia a l'autobús de l'escola, després d'haver estat malalt. La mama se'n devia adonar ja que, somrient, em va preguntar un parell de vegades com estava, i jo només vaig contestar fent que sí amb el cap i em va semblar que, efectivament, anàvem a viure una aventura.

Com que mai no havia fet un viatge en tren no sabia que els halls de les estacions fossin tan grans i que hi hagués tanta gent bellugant-s'hi. Ho vaig descobrir mentre la mama es posava en una cua per comprar els bitllets. Era un espai immens, dominat per una remor imprecisa, que de tant en tant s'alterava per la veu d'una noia que anunciava per la megafonia l'arribada o la sortida immediata del trens.

Jo no podia mirar tantes botigues com hi havia, tanta gent, les escales automàtiques, els rètols lluminosos... I no podia perquè em distreien els sons que es perdien en aquella gran nau. Llavors, mentre creuàvem el hall, amb la cistella del gat a la mà, jo em vaig agafar a la jaqueta de la mama.

En començar a baixar les escales que duien a l'andana em vaig adonar que estava suant i que duia els cabells molls. També vaig percebre el canvi de la llum, que al hall era blanca i que a les andanes era del to ambre que havia vist utilitzar al cotxe del papa els dies de boira i que s'assemblava a la que hi havia a l'escenari el dia del concert. Per altra banda el terra del hall era de marbre, i a baix, a les vies, era com a les voreres dels carrers.

Sense deixar el braç de la mama vaig constatar que a l'andana hi havia molta gent com nosaltres que s'esperava, i que la majoria eren joves i ja anaven vestits d'estiu, amp polos i pantalons de colors clars. En canvi la renglera central de seients de plàstic vermells era plena de dones, de nens i de gent d'una certa edat.

Quan el tren va arribar tot aquell espai de vies i d'andanes paral·leles va retrunyir una mica. La màquina, imponent, duia un far encès, com si fos l'ull d'aquell gegant del conte. Aleshores tots els nois van començar a recollir les bosses que hi havia a terra, de moltes de les quals sortia el mànec d'unes raquetes de tennis, i es van col·locar en disposició de pujar al tren. Els frens van xerricar i, gairebé immediatament, es va sentir un cop sec, no pas gaire violent, que no vaig aconseguir d'identificar; podien haver estat els vagons que havien topat lleument els uns amb els altres, podia haver estat qualsevol altra cosa, per exemple una caixa de cartó que hagués caigut a terra.

Les portes del tren es van obrir fent un esbufec i, de seguida, la gent va començar a enfilar-se als estreps dels cotxes; la mama, amb la cistella del gat a la mà, també em feia pujar al tren.

Com que em vaig asseure a tocar de la finestra ja no veia el lloc on ens havíem esperat, sinó un altre lloc que abans no havia vist però que també era ple de gent.

Un home jove que vestia un tern impecable, de color torrat, que anava ben pentinat i duia unes sabates de color cafè, passejava lentament per l'andana; passava per davant dels seients de plàstic de color vermell, els deixava enrere, feia mitja volta, hi tornava a passar per davant, feia mitja volta... Llavors vaig comprendre que fins aleshores només m'havia fixat en una petita part del conjunt d'aquella estació. No m'havia adonat de la seva grandària, ni havia vist que la disposició de l'espai era perfectament regular i ordenat, tan ordenat que em va arribar a impressionar.

Després es van tancar les portes fent un esbufec, i el tren va engegar; de fet es movien les persones, les escales mecàniques, la claror ambre i tot de sorolls que començaven a quedar-se enrere i a debilitar-se. També vaig veure un home que saltava d'una andana a l'altra travessant les vies, i em va passar pel cap que si arribava un tren, inesperadament, podia quedar estès a la via, partit pel mig, ple de sang, mort, cosa que per cert no em va fer sentir gens incòmode.

Quan vam entrar del tot al túnel em vaig fixar en l'interior del vagó. Els seients eren de plàstic de color verd i molt lletjos, i hi havia brutícia pertot arreu. No es tractava dels papers que hi havia per terra, sinó d'unes taques molt fines de greix. Prop del passadís, per exemple, hi havia uns cercles grogosos que semblaven cremades de cigarret; també hi havia alguna taca vermella, diminuta i inexplicable.

Llavors vaig posar el cap en el vidre de la finestra de guillotina perquè estava una mica marejat. Damunt de la porta hi havia un indicador que prohibia fumar; als vidres de les finestres també hi havia petits adhesius on es repetia la prohibició; els fluorescents feien llums de tons molt diferents els uns dels altres i passaven del blanc més despullat a tons més o menys càlids.

Em vaig despertar que ja travessàvem aquella plana en un extrem de la qual hi havia els turons erms, de color gris que coneixia de quan hi anàvem amb el cotxe del papa.

«Ja arribem», em va dir la mama al cap d'una mica, i em vaig posar a mirar per la finestra.

La iaia ens esperava a l'estació. Em va ajudar a baixar del tren i després em va agafar de les mans, ben fort, em va mirar i em va dir, fluixet, com si parlés per a mi tot sol:

«Estàs bé?»

«Sí, iaia», li vaig contestar.

«Així m'agrada», va afegir ella.

I vaig veure que la mama i ella es feien dos petons a les galtes i que es quedaven un moment abraçades. Llavors van agafar les bosses i la cistella del gat i vam anar cap a un cotxe negre que no havia vist mai.

Tampoc no havia vist mai que fos la iaia qui es posés a conduir, cosa que em va fer riure una mica.

«De què rius?», va dir ella, somrient. I jo, que anava a la banda del darrere, li vaig posar les mans a les espatlles.

«Et fa gràcia que condueixi, eh?», va afegir.

Però llavors jo ja mirava a través de la finestrella les cases, la gent i, de seguida, la carretera i el paisatge.

«T'ha agradat venir amb tren?», vaig sentir que em preguntava, però no vaig contestar res.

La iaia conduïa més a poc a poc que el papa, i cada vegada que canviava les marxes el cotxe semblava que es retenia una mica i feia sorolls.

Havíem començat a enfilar-nos per aquella carretera que travessava el frondós alzinar a través del qual, en alguns revolts, a l'esquerra, es veia la plana i, al fons, l'ombra blanvenca de la serralada. Després, carretera amunt, apareixien uns avets foscos.

La iaia es va desviar per un camí diferent del que agafava el papa i, al cap d'un moment, vam passar pel tros de carretera que pujava recte i a banda i banda de la qual hi havia els grans plàtans de capçades immenses i d'escorces de color gris. Vaig veure les primeres cases, plenes de flors, i tot d'una vaig reconèixer les olors netes que havia oblidat: la de les flors, la de la terra, la de l'aire mateix, que era fresc.

En ser a casa de seguida vaig treure el gat de la cistella i el vaig deixar anar pel jardí. Es va amagar sota una taula, va olorar les parets i va desparèixer. Llavors vaig pujar a la meva habitació, que estava com sempre, endreçada, pulcra, i que feia més bona olor que la que tenia a casa de la mama.

Va ser un estiu molt llarg durant el qual la calor va arribar lentament. Als vespres feia una fresqueta agradable i als matins, quan esmorzàvem al jardí, ja podia anar en màniga curta, tot i que encara no feia el sol roent dels migdies; a les tardes la xafogor de vegades ens obligava a quedar-nos a casa fins l'hora de sortir a passejar amb la iaia.

Els primers dies, abans que pugés el papa, la mama va semblar que no estava gens cansada i, entre ella i la iaia, em tractaven molt bé. Als matins ens posàvem tots tres al pati del darrere a fer gimnàstica, després em dutxava i al cap d'una mica esmorzàvem. La iaia em preparava aquelles llesques de pa amb mantega i mel que m'agradaven tant, i la mama es prenia un cafè amb llet i semblava que es quedés encantada amb la tassa a la mà.

Més tard em posava a jugar amb el gat, i moltes vegades l'havia de buscar perquè no era a dintre de la casa. Havent dinat me n'anava a descansar gairebé cada tarda o bé, mentre la mama llegia, jo feia uns dibuixos i em mirava uns àlbums que m'havien comprat. Hi havia fotografies d'animals, i els que més m'agradaven eren el lleó i les mones.

Als vespres em deixaven veure una estona la televisió, i especialment m'agradava un programa d'una gent que queien a l'aigua, que es rebolcaven en el fang i que reien. Quan el miràvem, la iaia també reia una mica, i la mama parava la taula per sopar. Jo pensava un moment en la japonesa, però tot allò em feia molta gràcia i l'oblidava de seguida. Però altres estones sí que hi pensava, i tornava a imaginar-me-la morta, despullada i a les escombraries, tallada a trossos i sense cap.

Una nit que la mama va anar a casa d'unes senyores la iaia i jo en comptes de veure la televisió ens vam quedar asseguts al pati, a les gandules. La iaia m'havia posat una manta prima de color groc al damunt i ella duia un jersei verd. Jo mirava els estels i, al cap d'una estona, ella em va demanar:

«T'agraden els estels?»

«No», li vaig contestar.

«No?»

«No», vaig repetir jo.

Una mica més tard li vaig preguntar si les nenes es morien.

«Les nenes?», em va preguntar.

«Sí.»

«Les nenes no, fill meu.»

Llavors vaig voler saber com es moria la gent,

i ella em va dir que la mort era el final de tot, que era quan les coses s'acabaven. Jo no ho entenia, i li vaig preguntar si ella i jo ens moriríem. I em va dir que sí.

«Tothom s'ha de morir.»

«Tothom?», li vaig preguntar.

«Sí, tothom.»

També vaig voler saber què passava després de la mort, i la iaia em va contestar que després de la mort ens portaven en un lloc on hi havia estàtues i flors molt perfumades, i que ens quedàvem quiets fins que ens anàvem fonent i desapareixíem. «Com la calitja que vèiem esboirar-se al bosc», vaig pensar jo. Però encara li vaig preguntar on anaven els morts quan desapareixien, i em va contestar que això no ho sabia ningú, que potser anaven al cel, o que potser no anaven enlloc. «No sap aquell conte que jo sé», vaig pensar. Més tard vaig voler saber si el cel era allò tan fosc on hi havia la lluna i els estels, i la iaia em va dir que sí, que segurament sí que ho era, però que del cert no ho sabia ningú.

«Jo aniré al cel?», li vaig demanar una estona més tard.

«És clar, fill meu», em va contestar.

I quan ja era al llit, abans que tornés la mama, em va semblar que, de moment, jo no tenia gens de ganes d'anar al cel; m'agradava més quedarme aquí a la terra, menjar els pastissos de llimona que em compraven, olorar les coses bones i maques i, un dia o altre, poder decidir si volia ser com era o preferia ser diferent.

M'havia fet més alt, això sí, i en la roba que duia i en tot d'altres coses notava que estava canviant. Per exemple aquell estiu ben aviat vaig començar a anar a la piscina als matins, com els nois grans, i les tardes les dedicava a mirar llibres, a fer dibuixos, a escoltar música i a sortir a passeig amb la iaia.

De vegades la mama venia en aquestes excursions, però a mi m'agradava més que hi anéssim la iaia i jo sols, perquè la mama em vigilava massa, i en canvi amb la iaia ens perdíem per camins estrets, anàvem prop dels cingles o davallàvem fins al riu.

L'única cosa que la iaia m'obligava a fer era aprendre'm els noms dels ocells; quan érem prop de l'estany m'indicava un ocell petit i bru que es deia cargolet i que refilava furiosament; o un altre que es deia mallerenga i que s'estava moltes estones penjat de cap per avall, bellugant la seva cua llarga; o el pit-roig, que tenia una taca vermella a la cara i que podíem mirar de molt a prop. També hi havia la merla, la garsa, el tudó, el raspinell i el bruel, que no parava mai, era de color verd i anava en grups que semblaven petites fulles que s'haguessin decidit a volar.

El diumenge, quan pujava el papa, tot era diferent. Ell i jo passejàvem pel poble en bicicleta i sempre passàvem per davant d'una escola que era molt més petita que la meva, sense jardins ni res, només amb un pati de terra on hi havia un camp de bàsquet i dues porteries de fusta per jugar a futbol. Després anàvem per aquella avinguda ampla de cases grandioses les reixes de les quals eren cobertes de buguenvíl·lees. Algunes d'aquestes cases eren noves i tenien fins i tot piscina, però n'hi havia unes altres que eren molt antigues i per arribar a les porxades de les quals calia pujar per escales de graons amples.

En aquella avinguda silenciosa, anant a poc a poc en la bicicleta, al costat del papa, i potser a causa de l'intens perfum de flors que ens arribava de les cases, m'agradava imaginar-me que era jo qui hi vivia. Passejava sense por pels llargs i foscos passadissos que segurament hi havia darrere de les finestres més altes; entrava en unes cambres immenses; m'asseia en una butaca polsegosa; m'ajeia en un sofà de molles fluixes i m'hi enfonsava; mirava grans quadres de paisatges foscos... Estava segur que, en aquella casa, només hi vivíem jo i la japonesa. Ella sempre seia en una taula de la seva habitació, treballant. Jo la mirava des de la porta i després me n'anava a descobrir cambres i més cambres d'aquella casa que no s'acabava mai.

Però el papa també em duia per una altra carretera diferent de la que fèiem servir quan arribàvem al poble. Era més estreta i mai no hi passaven cotxes. Passava per davant d'uns jardins amb gronxadors, d'una casa de pagès tota pintada de blanc, d'una petita ermita.

Al final d'aquella carretera trobàvem quatre o cinc cases al davant de les quals hi havia taules fetes amb troncs serrats pel mig i cadires igualment rústegues. Llavors ens hi assèiem i el papa ens feia dur olives, patates fregides i suc de taronja. Ens hi quedàvem una estona i, quan arribàvem a casa, ell ho explicava amb tot detall.

Jo aprofitava les estones que tenia per pensar en la japonesa i alguna vegada tancava els ulls molt fort i li enviava un petó a la galta. Quan era al llit la tornava a veure aquella nit del concert, amb la jaqueta rosa, i m'agradava més que de cap altra manera. Però de seguida m'adormia i somiava altres coses que, alguna vegada, em feien xisclar i asseure'm al llit sobtadament.

Després van venir les tempestes de cada any i, finalment, una altra vegada el temps fresc, i ja no vam poder anar més a la piscina. De nit havia de dormir amb una manta i jo vaig començar a demanar-me per què les coses es repetien sempre d'aquella manera: la pluja, la calor, els passeigs amb la iaia, les visites que ens feia el papa als caps de setmana, les abraçades, els petons...

L'estiu s'havia fet molt curt, tot havia passat de pressa, i no sabia què hi fèiem allí, ni entenia per què no tornàvem a casa i per què no em duien a l'escola i així poder veure una altra vegada la japonesa.

Hi pensava com sempre, de tant en tant, quan m'avorria i quan no tenia res a fer. Però, des que no feia tanta calor, quan hi pensava m'envaïa un sentiment de pèrdua i de tristesa que no em deixava estar tranquil ni un moment; quan era al llit, quan anava a passeig, quan la iaia em duia a la plaça del poble perquè jugués amb els altres nois... Jo no tenia ganes de jugar amb ningú, no tenia ganes de fer res ni de parlar. Només volia tornar a la vida d'abans.

Quan vam tornar a ser a casa, el papa em va dir que a partir d'aleshores cada dia aniríem junts a la seva feina. Jo mai no havia pensat que també hagués de treballar tal com ho feia ell; però, assegut al meu davant i amb les mans als meus genolls, m'ho va explicar acuradament al costat de la mama.

L'endemà em van fer posar una roba semblant a la que ell duia, amb una americana encreuada que era del mateix color que els pantalons i que costava molt de cordar. De corbata, ja n'havia duta abans, però eren primes i diferents d'aquella feta de ratlletes beix en diagonal damunt d'un fons blau. Quan em vaig veure al mirall del rebedor em va semblar que ja m'havia fet gran i que era una altra persona, però alhora em veia una mica disfressat i em sentia ridícul.

De tota manera, el pitjor va ser adonar-me que m'havien enganyat. Segons la mama i el papa, ell i jo treballaríem junts, cosa que de seguida vaig veure que no era veritat, ja que ell era a la botiga, a l'entrada, atenent els clients que preguntaven coses o que venien a comprar, i en canvi jo era al primer pis, amb un parell de senyores, una noia jove i un senyor vell com l'avi.

El primer matí em van fer seure a la taula que hi havia al costat de la vidriera des de la qual veia, a baix, la botiga, i em van dir que em fixés en tot i que mirés què feien aquella gent que també treballava al taller. El papa alguna vegada em va somriure des de baix i un parell de cops em va fer un senyal amb les mans. De tant en tant pujava a parlar amb el senyor vell i, un cop, em va venir a preguntar com anaven les coses.

Era clar que aquell senyor ros i una mica calb era el papa, però com que a la feina semblava diferent que a casa, segons com, em feia dubtar.

«Va bé?», em va dir.

«Va bé», li vaig contestar, encara una mica molest perquè no m'havia explicat res correctament i perquè no em donaven cap feina a fer.

Aquell dia, i els dies següents, el papa estava més seriós a la feina que a casa i es capficava en coses com ara si el vestit d'un senyor que era molt alt estaria llest per al cap de setmana. Aleshores passava sorrut de taula en taula, s'entretenia força estona amb el senyor vell i deia que la nena fes el favor de picar les solapes de seguida.

A mi de vegades em deixaven estar tranquil tot el matí, i aleshores aprofitava l'ocasió per fixar-me en els moviments que feien els altres i en els costums tan curiosos que tenien. Per exemple, es podien passar tota una tarda seriosos, treballant sense parar, escoltant la ràdio i en silenci; i l'endemà estar molt contents i no parar de riure i de fer bromes.

Qui menys bromes feia era el senyor vell, i qui reia més fort era una d'aquelles senyores, la que duia unes mitges-ulleres semblants a les de la mama. Quan reia es treia aquelles ulleres que duia penjades al coll i tirava el cap enrere; alguna vegada s'ajupia una mica i ajuntava els genolls, tirant tot el cos endavant.

«Que em pixo...», deia, cosa que a mi el primer cop em va sorprendre perquè aquestes coses no les deia ningú davant de la gent.

Una tarda van dur unes pastes per berenar, amb xocolata desfeta i llet, i van enretirar tota la roba dels taulells. Em van fer menjar amb ells, i no paraven de fer bromes a la noia jove sobre la cueta dels homes. Ella reia, deia que la deixessin estar, però les altres dues insistien.

La noia, que tenia la cara rodona i els cabells de color panotxa, em mirava avergonyida, es tapava el nas amb la mà i es posava nerviosa. Jo també la mirava i feia un somriure petit. Havia après que això m'estalviava problemes: quan una cosa no l'acabava d'entendre havia de fer un somriure petit; de fet fins i tot ho vaig assajar davant d'un dels miralls perquè de primer quan somreia torçava una mica els llavis, i jo preferia fer-ho simètric, que volia dir igual a les dues bandes.

En general la tarda costava més de passar que el matí, especialment perquè a la tarda a la ràdio no donaven tanta música i perquè la noia jove se n'anava abans que jo i em feia una cosa rara quedar-me sol amb el senyor vell i les dues dones.

Però més endavant em van donar una feina per fer, una feina que era difícil i que les primeres setmanes no vaig saber fer bé del tot. Es tractava d'uns papers molt grossos, amb unes ratlles rectes dibuixades amb guix de color blanc, i jo els havia de tallar amb tisores, resseguint els senyals sense equivocar-me gens ni mica. Quan m'equivocava havia de llençar el paper, anar-ne a buscar un altre a la taula del senyor vell i tornar a començar. Sempre em deien que no havia de córrer, gens, que havia d'anar a poc a poc, tallant tallant amb tota la cura del món.

I també em va costar d'aprendre perquè em passava moltes estones mirant què feien els altres. Es veu que m'hi havia acostumat i, com que ningú no em deia res, jo els mirava atentament.

Descobria que una d'aquelles senyores es passava el dia planxant, que l'altra treballava en una màquina molt grossa que feia un soroll horrorós cada cop que l'engegava, que la noia jove entornava la roba a mà i la posava en uns ninots que es deien maniquins per tal que el senyor vell s'ho mirés tot i pogués corregir detalls amb un d'aquells guixos plans i molt pastosos... Aquest senyor de vegades feia la mateixa feina que jo, tallar coses, i altres vegades se n'anava i es passava mig matí fora. Era qui manava més, tret del papa, i tothom li feia molt de cas.

Una cosa que em molestava era quan algú es posava a cantar fluixet, i sobretot em molestava quan ho feia la noia jove. Jo, quan la sentia cantar, o quan em parlava, em quedava amb les tisores obertes, a mig tallar el paper, la mirava i deduïa que era molt enze, perquè una de les senyores li deia:

«Nena...», i ella es posava una altra vegada a treballar i callava.

Però en realitat també em parlaven aquelles dues senyores, que moltes vegades se m'acostaven juntes i em tractaven de fill seu i em preguntaven si necessitava res. Especialment des que treballava al taller, on hi havia tants miralls i des que duia aquella mena de roba, jo sabia que era alt, que anava elegant, que tenia una cara maca; per altra banda gairebé cada dia m'afaitava amb la màquina elèctrica, que em feia una mica de picor. Així que aquelles dones no tenien cap raó per dir-me que era fill seu, i jo no els contestava.

En canvi el vell em parlava poc, i no semblava content de tenir-me al taller, tot i que l'ajudava a tallar. Era un home que fumava molt, cosa que el feia fastigós, i a més duia unes ulleres que semblaven fetes només per treballar però que ell no es treia mai, ja que de vegades ens havíem trobat al carrer a l'hora d'entrar o quan plegàvem, i també les duia.

Un altre dia, mentre el papa tirava la porta metàl·lica avall, una senyora que vivia a l'escala del costat es va aturar per saludar-lo i, després de parlar una estona, ella li va dir:

«I aquest jove tan guapo és el seu fill?», i el papa va contestar que sí. La dona em va voler donar la mà, però jo no ho vaig voler, i vaig continuar mirant com la gent baixava de l'autobús i com hi pujava. «S'ha d'anar amb l'esquena ben recta», ens havia dit sempre el professor de gimnàstica de l'escola, que era un home prim i que tenia el nas com els jueus.

La sort va ser que amb el temps tothom es va acostumar a veure'm i ja no m'atabalaven tant. Però aleshores els matins també se'm van començar a fer pesats, i ja estava cansat de tallar a poc a poc aquells grans papers on hi havia la mateixa ratlla de sempre, recta, dibuixada amb el guixet.

Mirava el rellotge de la paret i m'adonava que la busca dels segons anava lentament, que li costava de fer una volta sencera; quan l'havia feta, l'altra busca saltava una ratlleta, la qual cosa volia dir que havia passat un minut i que faltava molt fins que fos l'hora de plegar. Un matí vaig intentar unes quantes vegades comptar quantes ratlletes d'aquelles havia de saltar la busca fins que arribés a ser l'hora de plegar, però em perdia. En altres ocasions, mentre mirava el rellotge parava un moment de tallar i m'imaginava que era al passadís de l'escola, observant la japonesa; ella em somreia de la seva taula estant i, curiosament, em veia a mi dret, amb les tisores a la mà. Estava content de treballar perquè em feia ser gran, més gran que cap dels nens que encara anaven a l'escola, més gran que el guenyo, però també sentia una buidor inexplicable.

A l'hora de dinar tancaven la botiga i el papa i jo anàvem a casa. Dinàvem amb la mama, que, per cert, mai no estava contenta. Jo ja feia temps que observava la manera estranya que tenia de tractar el gat i les converses que tenia amb el papa durant les menjades. Segons com s'assemblava a la iaia, de manera que sovint pensava que amb el temps seria com tenir dues iaies, una que m'agradava molt i l'altra que era semblant però que no m'agradava tant. Però al migdia només la veia just el temps de dinar i, al cap de poca estona, el papa i jo tornàvem a marxar cap a la botiga.

Després d'unes setmanes les tardes van començar a ser diferents. Eren tan llargues com abans, però no se'm feien pesades perquè vaig aprendre a mirar com s'anava fent fosc i perquè entrava més gent a la botiga que no pas als matins. Cada cop que sonava la campaneta sabia que havia entrat algú, mirava a baix i veia el papa que donava la mà a un senyor o a una senyora, veia que parlaven, i de vegades entraven als emprovadors. Els emprovadors eren uns recambrons amb un mirall que anava de terra fins al sostre; n'hi havia dos, i al cap d'un quant temps vaig entrar-hi per emprovar-me un altre vestit que em van fer, també amb americana encreuada, però d'un color diferent.

Quan plovia veia caure l'aigua damunt de les fulles del gran plàtan que hi havia davant de la botiga i quan feia vent també veia agitar-se aquelles mateixes fulles. Hi havia dies que les veia més o menys marcides, i altres vegades eren netes i lluents.

Va començar a agradar-me aquell lloc que m'havien donat perquè així podia veure les fulles de l'arbre —l'escorça del qual també examinava cada dia a l'hora d'entrar a treballar: era una escorça entre grisa i verdosa, clivellada i amb unes crostes que s'anaven separant del tronc— i perquè estava situat en una mena de racó, lleugerament separat dels altres, a tocar del vidre. De manera que jo era el primer a saber si es posava núvol, si plovia, si sortia el sol, si encenien els fanals dels carrers...

Quan al taller hi havia tranquil·litat ningú no em molestava ni em venia a empipar; el papa es quedava a la botiga, les dues dones treballaven sense dir res, el senyor vell fumava i feia uns dibuixos en els papers que després jo tallava. Quan acabava un d'aquells papers el duia al vell i, tal com m'havia dit el papa, m'esperava fins que me'n donava més. Algun cop ell els plegava sense fer-ne cap cas, els desava en una prestatgeria que tenia al seu darrere i em deia que anés a la meva taula i m'esperés.

Aprofitava aquests moments per seure en el tamboret i posar les mans damunt de la taula i mirar-me-les. A mi m'agradava més l'esquerra que la dreta perquè tot ho feia sempre amb l'esquerra: tallar, eixugar-me quan anava al lavabo, menjar, pentinar-me..., tot. Se m'hi veien unes venes de color blau que baixaven del braç i es distribuïen una per cada dit; també hi tenia uns quants pèls més aviat rossos. Les ungles, que encara no havia après a tallar-me jo sol, eren rosades, gairebé de color morat, i de tots els dits el que més m'agradava era el que feia servir per rascar-me el nas; no era el més llarg, però a mi era el que més m'agradava.

Després també mirava la noia jove que seia prop meu. No s'assemblava gens a la japonesa, però alguna vegada m'hi feia pensar per la gesticulació: es tapava la boca, ensenyava les dents, semblava que no podia acabar d'obrir els ulls... Però, aquella noia, només m'agradava mirar-la quan ella no s'adonava de res; si estava al cas es posava a parlar de seguida, feia soroll amb la cadira, preguntava coses en veu alta a les senyores que cosien al fons del taller, a la meva esquerra, darrere de la gran taula quadrada damunt de la qual hi havia els fluorescents i que sempre era plena de roba, de guixets i de cintes mètriques.

Moltes tardes les passava així, esperant que el senyor vell em donés més feina, estudiant els altres, comparant la noia jove amb la japonesa, mirant el carrer i veient com canviava el color del cel i passava d'un blau clar a uns tons metàl·lics per després fer-se gris com la cendra, i finalment anar-se apagant fins a fondre's en la nit. Llavors s'encenien els fanals, apareixien les llumetes del carrer i el papa també encenia el neó vermell, el reflex del qual tenyia el terra de la botiga.

Aquelles tardes eren boniques, m'agradaven, eren diferents.

Una de les coses que més va canviar en la meva vida a causa de la feina va ser que havia d'anar molt sovint pel carrer i pujar a l'autobús. Abans ho feia de tant en tant quan anàvem de visita, però d'ençà que treballava ho havia de fer diàriament unes quantes vegades. Aquests trasllats, és clar, els feia amb el papa, i eren avorrits. El carrer, pensava, era un desordre, i els cotxes i els autobusos feien massa soroll i et podien atropellar. Però segons quins carrers també podien arribar a ser agradables si hi anaves sense pressa. Per això em posava tan content quan alguna tarda, a l'hora de plegar, el papa em deia:

«Anem a casa caminant?» Jo li contestava que sí, i em deia a mi mateix que aquelles coses eren les que cada vegada m'agradaven més.

Començàvem a pujar pel carrer de la botiga, giràvem a la dreta, al cap d'una mica creuàvem una placeta i passàvem per davant d'una gran estàtua d'un senyor amb barba i un abric llarg, travessàvem un altre carrer tot anant novament cap a l'esquerra i, en arribar en una avinguda, la passàvem per entrar en uns carrers més estrets i en un encreuament, que semblava una placeta triangular, entràvem en un bar. Jo em prenia una beguda de color vermell i el papa es prenia una cervesa. Llavors novament constatava amb sorpresa que ja era tan alt com ell i com la majoria d'homes que hi havia al bar.

Normalment hi havia la televisió engegada, però no la mirava ningú. Els homes parlaven els uns amb els altres mentre es prenien cerveses i els que eren a les taules jugaven a cartes o a dòmino.

Quan ja ens havíem pres la beguda sortíem del bar i algunes vegades continuàvem caminant fins a casa, però altres cops agafàvem un autobús.

Una d'aquestes tardes, mentre pujàvem a peu fins a casa, el papa es va posar a parlar dels companys de la feina, i jo li vaig dir que el senyor vell s'assemblava a l'avi.

«Te'n recordes, de l'avi?», em va demanar, i li vaig contestar que sí. I va ser aleshores quan em vaig adonar que feia molt de temps que no el veia. Em vaig posar la mà a la butxaca de l'americana i vaig trobar-hi un paper; vaig començar a fer-ne una boleta a dintre mateix de la butxaca i, una estona més tard, nerviós, vaig preguntar al papa on era l'avi.

«L'avi ja fa temps que és mort, fill», em va dir.

Jo no havia sentit a parlar d'aquest tema, ni havia notat que ningú en parlés; no sabia si l'avi havia mort aquell estiu que vam anar a l'illa o si havia mort després. Per altra banda, no notava cap mena de sensació o de sentiment, la qual cosa m'estranyava perquè d'alguna manera havia après que la mort era trista, que s'havia de plorar, i quan a la televisió es veia aquella gent morta i els enterraments, sempre hi havia algú que plorava. En canvi, jo per l'avi no tenia gens de ganes de plorar, ni res de res. Només em feia ràbia no haver-ho sabut abans, i em feia ràbia perquè allò segurament volia dir que continuaven enganyant-me, i estava segur que gairebé sempre era per culpa de la mama.

Tot caminant vaig continuar pensant en la mort de l'avi, i també hi vaig pensar al cap d'uns quants dies mentre tallava aquells papers, que per cert ja no s'havien de tallar només en línia recta, sinó fent unes corbes que costaven més, però que també eren més divertides.

Hi vaig continuar pensant durant uns quants caps de setmana mentre buscava el gat o dibuixava a la meva habitació. De fet no pensava res d'especial, sinó que em veia a mi mateix en relació amb tot de coses que segurament havien passat sense que me n'adonés. M'inquietava no saber quantes persones més podien estar mortes i, sense voler, se m'acudia una altra vegada que potser la japonesa també era morta i tots els de l'escola, i que per això jo anava a la feina del papa. S'havien mort perquè havia passat temps, o potser havia explotat un volcà, com a la televisió; potser una riuada havia inundat l'escola i s'havia endut tothom avall, ofegats. Si ho hagués sabut potser els hauria arribat a veure flotant a les aigües brutes fins a ser dipositats al mar, on els peixos se'ls menjarien. Podien haver passat moltes coses. Jo no ho sabia. I aquest no saber, aquest buit que hi havia al meu voltant, en certa manera el vivia com una altra mentida i em sentia desorientat i ofès.

La iaia la veia poc, el papa i la mama m'enganyaven, no podia confiar en res ni en ningú, el gat el tenia una mica oblidat, de l'escola només recordava el nen guenyo, les bessones i la japonesa, així és que estava més sol que mai.

Un cap de setmana, sense aconseguir de treure'm del cap la idea de la mort de l'avi, vaig parlar amb la iaia per telèfon i després, avorrit vaig anar a la cuina i vaig sortir per la porta que donava al pati dels malendreços, on fins aleshores no hi havia estat mai.

Era un pati de terra, més aviat petit i ple de fustes velles, amb una raconera coberta d'uralita on hi havia un armari sense portes i mig cobert amb una cortina de plàstic de color verd. Era un lloc sòrdid, terriblement deixat, i no semblava ser de casa nostra.

Entre una cosa i l'altra vaig caure novament en aquelles etapes de silenci de les quals ja era conscient. No parlava, no tenia ganes de dir res, no em volia relacionar amb ningú, feia veure que no els entenia i fins i tot que no els sentia; no m'interessava res del que deien.

Quan veia el gat li clavava una puntada de peu; a la feina m'esforçava a tallar malament alguns dels papers; i la mama, no la mirava durant les hores de dinar ni de sopar, i als vespres em tocava la cueta fins que m'hi feia mal i m'agafava un estremiment.

Potser va ser per tot això que el papa i la mama em van castigar de la manera més impensable: em van obligar a anar sol a la feina. El dia que m'ho van dir em va semblar que el món em queia al damunt i que eren injustos amb mi. Em vaig jurar que no parlaria mai més amb cap d'ells dos, i vaig començar a rumiar què podia fer per matar-los. Me'ls imaginava molt a la vora d'un precipici i jo, de lluny, mentalment, els empenyia fins a fer-los rodolar per l'espadat; de seguida m'hi acostava i els veia esclafar-se a les roques del fons de tot, allí on la mar escumejava plena de salabror.

Però, és clar, no vaig poder fer res i, a partir d'aleshores, cada matí sortia de casa, anava fins a la parada de l'autobús, posava el bitllet en aquella màquina automàtica, em quedava dret a la plataforma del mig, ben arrambat a les finestres, i, dotze parades després, quan ja havia passat per davant d'un hospital, baixava. Llavors havia de recular una mica i, en trobar el semàfor, havia d'esperar que es posés verd i creuar el carrer, tirar una mica cap a la dreta, després girar a l'esquerra i baixar fins que trobava la botiga del papa.

Allò d'anar a treballar sol, i la feina que m'havien donat de tallar els papers, era difícil. Ho sabia fer, però patia; em costava esforços, no ho feia com els altres, sense pensar-hi, rient, parlant mentre caminava; jo m'havia de fixar en cada un dels detalls, m'havia de mirar dues o tres vegades el número de l'autobús, havia d'estar segur que aquell edifici era l'hospital...

Tot i això, la veritat és que em vaig acostumar a anar sol a la feina i, de fet, un dia va començar a agradar-me perquè així ningú no em molestava i, si no volia, no havia ni d'escoltar els qui parlaven. I sobretot m'agradava perquè no havia de dir res. Era el noi més seriós de l'autobús, pensava. Alguna vegada em mirava les noies que duien la faldilla molt cenyida i curta, o les cares que feien els qui seien: cara de cansat, cara de vell, cara de gras, cara de riure, cara de malalt, cara de pena, cara de malparit, cara de rata, cara de pinsà... Hi havia tantes cares que no s'acabaven mai.

Un dia que era festa el papa i la mama em van dir que si volia podia anar, sol, a fer un passeig pels carrers del barri. Jo no sabia què era el barri, però vaig entendre que volien dir els carrers més propers a casa.

Des que m'havia fet gran i anava sol a la feina havia de deduir moltes coses: traspassar volia dir desaparèixer per sempre, amarg volia dir el gust del iogurt sense sucre i també volia dir tristesa, estar sol no tenia res a veure amb el fet que hi hagués gent al meu voltant o no n'hi hagués... Coses com aquestes.

Les aprenia pel carrer, quan anava a treballar, i escoltant el que deia la gent del taller o els qui seien al meu davant a l'autobús. Però no sempre escoltava els altres. Alguna vegada no en tenia gens de ganes i em marejaven una mica els registres de les seves veus. Altres cops no ho feia per la por que em dirien que jo no podia escoltar quan ells parlaven i que no ho tornés a fer mai més. Procurava dissimular, però tenia la por que tothom llegiria els meus pensaments, perquè hi havia dies que em sentia el cap transparent. Aleshores em posava a pensar coses que no tinguessin res a veure amb la gent que hi havia al meu voltant. Pensava en el nen guenyo, pensava en el temps que feia, i m'entretenia mirant les formes dels núvols i els raigs de sol... De vegades, esperant l'autobús, notava una aura fresca entre els cabells i veia que la pell se'm posava de gallina, com si tot el braç se m'omplís de granets.

M'agradava estar al carrer. Però mai no em vaig treure del tot la por que vaig sentir els primers dies. Sobretot em feien por els cotxes i les empentes que em podien clavar les persones que no coneixia. I també m'horroritzava que em peguessin un cop molt fort al clatell i em robessin la bossa. La mama m'havia dit moltes vegades que, si l'agafava, me l'havia de passar pel cap i dur-la penjada a l'espatlla i de manera travessera; però a mi no m'agradava portar-la tal com ella deia i solia dur-la a la mà o bé només penjada a l'espatlla esquerra i ben subjecta amb el colze.

Alguna vegada, caminant entre la gent, i especialment a l'hivern, quan tothom duia tanta roba, no estava segur si les petites estrebades que notava eren perquè em volien robar o només era que ens anàvem enganxant els uns amb els altres. Quan em passaven coses d'aquestes m'agafava instintivament a la bossa i notava que em venia a la cara un somriure glaçat.

Hi havia dies, doncs, que, tot i que m'agradava

el carrer, preferia ser a la meva habitació, o fins i tot a la feina, on em sentia segur i tranquil. Però altres cops també m'agradava deixar-me dur per les riuades de gent, caminar estona i estona al costat d'un senyor que no sabia qui era i adonar-me, al cap d'una mica, que aquest havia desaparegut i que al costat hi tenia una noia jove vestida amb texans i una camisa de flors.

Aquestes desaparicions sobtades sempre em feien gràcia, i en certa manera les provocava, ja que em posava a caminar al costat d'algú que m'havia interessat i no el tornava a mirar fins molta estona més tard. I llavors ja no hi era, és clar. El senyor gras i calb que caminava a poc a poc es va transformar en una dona alta i que anava molt pintada; la noia jove que duia pantalons curts, de sobte era una altra noia que duia un vestit alegre igualment curt i cenyit.

Aquest joc el feia sovint, però m'agradava més a l'estiu que no pas a l'hivern. A l'hivern la gent s'assemblava més als altres i, a més, la roba fosca no m'agradava perquè feia desaparèixer els cossos. En canvi a l'estiu es diferenciava molt clarament un home amb una camisa fosca i un altre home amb un vestit de color beix, amb americana i tot, com els que fèiem al taller del papa.

Per altra banda m'agradaven els braços de les senyores, arrodonits i consistents, els escots que mostraven l'inici dels pits, les cuixes de les noies que duien faldilles curtes, especialment quan seien a les terrasses dels bars. Dissimuladament també les mirava.

I era agradable fer cua per entrar al cinema, encara que fos a l'hivern. Em posava darrere d'un parell de nois que tenien grans a les galtes, o darrere d'una iaia que anava tota sola. Darrere meu hi anava arribant més gent: una dona grassa que semblava atabalada i que duia un abric vermell i una nena petita agafada de la mà, un senyor que fumava en pipa, una senyora velleta que duia un rellotge d'or al canell i moltes polseres, dues noies amb els cabells arrissats, que parlaven i reien sense parar... De seguida tenia la sensació de conèixer des de feia temps els qui eren davant meu de la cua i els qui s'hi anaven afegint al darrere. De fet, tenia ganes de parlar-hi, però mai no els deia res i només els mirava, esperant a veure si passava alguna cosa.

Quan entrava a l'interior del cinema m'agradava notar l'escalforeta agradable i el perfum dolç que havien espargit per la sala. Em treia els cabells del front amb un gest de la mà, buscava una butaca que fos centrada i em disposava a veure els anuncis i unes pel·lícules curtes en què tot passava molt ràpidament.

En general em vaig adonar que al cinema tot passava més de pressa que a casa o que al carrer; un cotxe sortia d'un lloc, creuava en uns segons un paisatge i al cap de no res ja s'havia fet de nit i havia arribat on volien anar, que era molt lluny. El noi i la noia es feien un petó llarg a la boca i de sobte estaven despullats i al llit. Els estius, mentre passejava, veia algunes parelles que s'estaven dretes, abraçades, i que es feien petons a la boca, de vegades amb els ulls tancats, però no passava res més.

Una altra de les coses que vaig descobrir, amb les meves passejades solitàries, va ser que els carrers eren bruts, que al voltant dels contenidors verds de les escombraries hi havia caixes de cartó, bosses de plàstic foradades, vidres... Els contenidors feien pudor de les escombraries, i també pudien les clavegueres, que un dia el papa m'havia explicat que eren com uns rius subterranis per on se n'anava l'aigua bruta. Quan plovia no feien pudor i, si no plovia, sí que en feien. També eren subterranis els metros, que s'assemblaven als trens però que mai no sortien a l'exterior.

De primer no vaig anar gaire lluny de casa; sempre sortia en direcció a la dreta, baixava avall, tornava a girar a la dreta i m'allunyava fins en aquella cantonada on hi havia la botiga d'herbes i de caramels; girava novament cap a la dreta i, en arribar al carrer de les grans moreres, havia de tornar a agafar cap a la dreta; en ser a la cantonada de l'església tombava una altra vegada cap a la dreta i per ser a casa només em calia baixar una mica.

Això els primers dies ho feia de pressa, sense aturar-me a mirar res. Però més endavant em vaig entretenir a mirar l'aparador d'aquell herbolari, on hi havia talls de regalèssia i uns caramels molt grossos de color groc que, segons un rètol, eren de mel. Mel, deia el rètol.

Un quant temps després fins i tot vaig entrar a l'església. Era una nau immensa, fosca i humida, amb uns bancs de fusta on no hi havia ningú i unes figures de sants posades en els racons, alguna de les quals em va recordar el fantasma que jo veia de petit, quan amb la iaia anàvem a passejar pels boscos. Eren fantasmes envoltats d'espelmes i de bombetes que feien molt poca llum.

Una altra vegada que també hi vaig entrar, l'església era plena de gent, hi havia molta claror, tot semblava d'or, no hi feia tanta humitat i, al cap d'una mica, tothom es va posar a cantar solemnement. Em va agradar la música de l'orgue, l'olor d'encens i de cera que m'arribava i com es passava dels cants al silenci.

Al cap d'uns quants dies em vaig allunyar una mica més de casa i en la direcció oposada a la que agafàvem quan jo i el papa anàvem a treballar. Els carrers eren plens d'arbres i no hi circulaven tants cotxes. Hi havia botigues amb els aparadors plens de llibres, d'altres que hi tenien roba, com la del papa, n'hi havia amb màquines d'escriure i també n'hi havia amb menjars i llaunes semblants als que comprava la mama.

Per mi tot era nou: els rètols de les botigues, que de primer llegia un a un: perruqueria, tintoreria, endocrinólogo, cinema, alfombras, moquetas... I especialment era nou el fet de poder triar jo sol què volia fer, sense haver de preguntar res a ningú i sense haver d'escoltar consells. Si volia quedar-me quiet en un semàfor i deixar passar tothom quan estava verd, ho feia; si volia passar quan estava vermell encara que l'altra gent s'esperés, també ho feia. Vigilava que no passessin cotxes, és clar, però alguna vegada m'havien tocat la botzina i jo havia notat que el cor em començava a bategar molt fort. I per dintre somreia.

Hi va haver un descobriment que em va agradar més que cap altre: els quioscos. Jo ja sabia què eren els quioscos, és clar, i abans de treballar fins i tot alguna vegada havia anat amb el papa a comprar-hi el diari; el que no sabia era que tinguessin tantes revistes amb tapes de colors i, sempre que podia, em quedava aturat davant d'aquella estesa de paisatges, de cases, de vaixells...

A les fotografies de colors les coses eren diferents que a la realitat. Si jo mirava un carrer no m'adonava que era de colors, i en canvi en una fotografia ho veia de seguida. Jo no hi pensava, que les plantes eren verdes, i, en canvi, a les fotografies que fèiem quan anàvem a casa de la iaia, el primer que em saltava a la vista era la verdor de les plantes, el color blau del cel, la vermellor dels jerseis, la blancor de la tanca, la teulada de color negre de la casa...

Un cap de setmana a la iaia li vaig parlar de l'avi. Ella i jo havíem anat a la muntanya i, després de travessar una fageda, ens vam aturar un moment. La iaia s'havia fet petita perquè jo m'havia fet gran, i estava cansada.

«L'avi és al cel?», li vaig preguntar. Ella no es va estranyar gens de la meva pregunta i em va contestar que li semblava que sí.

«I la japonesa és al cel?», li vaig dir sobtadament, però de seguida em va agafar vergonya d'haver dit allò. La iaia de moment no em va contestar, però al cap d'una mica, quan ja va estar més descansada, em va preguntar:

«Qui dius?»

Com que jo no contestava, ella em va demanar si volia caminar una mica més, i li vaig dir que sí. Va ser l'única vegada que vaig parlar de la japonesa a algú. La relació amb aquella nena que era tan maca, que era tan diferent de les altres nenes, que tenia els dits tan llargs i tan prims, sempre havia estat una cosa meva, només meva, i no tenia cap intenció que allò canviés.

Quan se'm va escapar de parlar-ne a la iaia em vaig adonar de fins a quin punt em neguitejava no saber amb certesa si la japonesa era viva, si era en aquella classe de l'edifici Blau, si realment s'havia ofegat o si l'havien matada per cremar-la despullada als forns de les escombraries... No ho sabia; allò tampoc no ho sabia.

I llavors vaig començar a pensar-hi una altra vegada sense parar, a pensar-hi sempre, a somiar-ho, a tenir ganes de veure-la. Encara que estigués treballant, o fins i tot mentre dinava o sopava i la mama parlava amb el papa, jo no podia deixar de pensar-hi. La buscava pel carrer, la buscava al cinema, la buscava a les portades de les revistes, entre totes les noies que hi havia, la buscava a la botiga quan sentia la campaneta i mirava a través dels vidres amb l'esperança que fos ella...

De tota manera el meu neguit s'apaivagava una mica quan m'envaïa el convenciment que l'havia de trobar i que l'únic que em calia era estar atent; si ho feia, tard o d'hora ens tornaríem a veure, pensava. «Aleshores ja no deixaré que marxi sense saber el seu telèfon», em deia. D'aquesta manera li podria trucar com trucava a la iaia, o com trucava a la mama quan, alguna vegada, jo era a casa de la iaia i la mama a la ciutat.

Aquesta possibilitat em tranquil·litzava i, alhora, em permetia de continuar pensant en la japonesa: li parlaria de la feina, de l'autobús, dels passeigs que feia jo sol, de les coses que veia... Em passava les tardes així, sense fer res, cosa que em va fer adonar que la mentida que m'havia dit el papa amb relació a la feina era pitjor del que em pensava al començament. Perquè, en realitat, res del que jo feia no interessava ningú. I me'n vaig adonar una d'aquelles tardes que, tot pensant en la japonesa, ni tan sols vaig acabar de tallar un dels papers.

Havia passat les hores mirant el carrer, badant amb la gent que entrava i sortia de la botiga, i no m'havia passat pel cap res que no fos aquella nena de l'escola que feia tant de temps que no veia. Així que el darrer paper que m'havia donat el senyor vell encara era exactament igual al damunt de la meva taula. Però ni ell ni ningú no m'havien dit res.

Quan la noia que treballava al meu davant es retardava una mica, de seguida li reclamaven la feina i, alguna vegada, l'havien renyada i tot. Les dues senyores també es discutien entre elles per culpa dels retards que la de les ulleres sempre tenia a l'hora de fer els traus; el senyor vell un dia va fer un crit i va clavar un cop molt fort damunt de la taula perquè la nena no parava de riure... A conseqüència d'això tothom es va estar dos dies gairebé sense parlar i només posaven la ràdio quan donaven la novel·la.

Però a mi ningú no em deia mai res. Tant era si tallava dos papers com si en tallava tres o no en tallava cap. Aquell home vell que feia pudor de tabac recollia els papers que jo li duia, els desava a la prestatgeria que tenia al seu darrere i em donava un paper diferent.

A partir del dia que em vaig adonar d'això em vaig estar tota una tarda i el matí següent sense treballar. Mirava el papa, que moltes estones tampoc no feia res quan era a la botiga; el papa parlava amb la gent, mirava el diari o bé es dedicava a plegar peces de roba que havien estat deixades al taulell i que ell, lentament, enrotllava i estibava segons la mena de roba que era i també segons els colors.

Quan em cansava de mirar el papa rumiava coses de la japonesa, me la imaginava una altra vegada tal com l'havia vista la nit del concert, o tal com l'havia vista a l'aula. Era la nena més maca que jo coneixia, la que més m'agradava, la que jo volia veure més vegades; era l'única nena per la qual no em feia mandra de pensar que havia de tornar a l'escola, o que l'havia d'anar a buscar a la parada de l'autobús, qualsevol cosa.

Mentre em mirava els papers que havia de tallar es va posar a ploure sobtadament. La pluja sempre m'havia agradat i recordava amb plaer una tarda que, tot passejant, espurnejà una mica. De primer em vaig amagar en una porteria tal com havíem fet una vegada el papa i jo, però de seguida vaig trobar que era molt divertit de caminar sota la pluja, i no m'hi vaig pensar gens. Quan vaig arribar a casa anava força moll i la mama em va tornar a renyar, però jo no li'n feia cas.

Durant els passeigs també solia pensar en aquella nena. Abans de sortir la mama em repassava de dalt a baix: les sabates, el vestit, les butxaques de l'americana, la cartera amb els diners i la documentació, els cabells... Ja era més alt que ella i cada dia més em semblava una dona cansada que tenia ganes de fer-me sortir per posar-se a mirar les seves revistes i llibres que tenia damunt de la tauleta de nit. Aquelles històries complicades, alguna de les quals m'havia explicat i que a ella la interessaven tant. Se li havien inflat més les bosses que tenia sota els ulls, i s'havia posat unes ulleres que ja no es treia per res en tot el dia i que no l'afavorien gens. La iaia, que era més vella que la mama, no duia ulleres; però, és clar, la iaia no llegia tant.

Jo sortia al carrer de casa i, segons els dies, agafava la direcció de la dreta o la direcció de l'esquerra. No m'havia perdut mai perquè les rutes que feia sempre les ampliava amb molta prudència. No vaig traspassar l'avinguda fins que vaig saber com eren els carrers del voltant de la casa, fins que vaig haver entrat a l'església una colla de vegades i fins que anava pel carrer com hi anava l'altra gent: sense preocupar-me de res, tranquil·lament, sabent exactament què venia a la cantonada següent.

També havia deixat de llegir els rètols de les botigues i, amb aquesta comoditat, pensava en la japonesa sense parar. No pensava res concret; hi pensava i prou. Però quan em cansava de fer sempre la mateixa ruta, d'aturar-me a l'aparador de l'herbolari, d'entrar a l'església o de mirar l'aparador de les flors, canviava de direcció, i aleshores durant uns dies em costava més de caminar i de pensar en la nena japonesa.

Però d'això també en vaig aprendre i, segons les estones, només mirava els carrers o només pensava en ella. Quan arribava en un parc, per exemple, si feia bon temps m'asseia en un dels bancs i podia deixar-me dur pels records i pels pensaments sense cap mena de por. En canvi, quan havia de passar un carrer, o si em calia decidir si agafava cap a la dreta o cap a l'esquerra, no hi podia pensar gaire.

Després va venir el fred una altra vegada i em vaig constipar molt fort. Durant uns dies no vaig anar al taller i, a casa, de seguida em vaig oblidar de la feina, dels papers que em feien tallar per tenir-me entretingut i d'aquella gent que treballava amb mi. Només pensava en ella. Me la imaginava asseguda al meu llit, mirant els llibres i les revistes que la mama em comprava, o asseguda al menjador mirant la tele, o prop de la finestra veient passar els cotxes i la gent.

Aquells dies van ser diferents de quan estava malalt a l'època d'anar a l'escola. Eren més tristos i tenia mal de cap i uns mocs de color verd que se m'enganxaven als dits quan se m'estripaven els mocadors de paper. Però no em van fer anar al metge ni vaig haver d'estar al llit. Em llevava tard, això sí, em posava la bata i passava el dia mirant la televisió o fent dibuixos, i molt avorrit. A més, això dels dibuixos també era un problema, perquè ja no podia pas dibuixar un vaixell o un pallasso amb una gorra de colors. Sabia que ja no podia fer aquelles coses, però no sabia quina altra cosa podia fer.

La mama em preparava el dinar, em deixava anar com un fantasma amunt i avall. El papa em va telefonar des de la botiga; també vaig parlar dues o tres vegades per telèfon amb la iaia. Tothom estava a l'abast menys la japonesa.

Jo, més que res, la trobava a faltar perquè era una cosa que tenia amb mi des de feia temps. La tenia i no la tenia. No era com la iaia, que encara que no visqués amb nosaltres era com si hi visqués, ni era com la mama, que alguna vegada volia veure fora de casa i tirada al mig del carrer, i altres cops la volia amb mi, asseguda al meu llit, acotxant-me bé i fent-me un petó molt petit al front. No, la japonesa sempre que hi pensava era perquè desitjava veure-la, per voler-la tocar, per mirar-li els ulls i la cara, els llavis i el front, les mans, aquelles venetes que segurament també li baixaven fins als dits, les ungles, els vestits que duia, els cabells tan negres...

De nit la somniava; de vegades tenia ganes de plorar; algun dia els somnis eren tranquils i no em feien patir. Però sempre era ella, aquella nena, la persona que més ganes tenia de veure i l'única que deixaria seure a la meva taula de dibuix i a qui ensenyaria els noms dels ocells i dels arbres. «Quan la trobi també anirem al cine», pensava. I m'imaginava que ella i jo sèiem a la platea d'una cinema molt gran i que feien la pel·lícula només per nosaltres.

Un dia, quan ja em trobava millor, vaig sortir al pati dels malendreços per la porta de la cuina. Hi vaig sortir seguint el gat, que feia estona que jugava amb un cordill i que finalment havia desaparegut. En ser al defora vaig veure que el gat s'amagava darrere de la cortina de plàstic que dissimulava l'armari amb sostre d'uralita. Vaig separar la cortina i vaig veure que el gat tenia, en un racó, una gran caixa de plàstic, vermella, tota plena de serradures, i que al costat de la caixa hi tenia una palangana amb aigua i una altra amb una mica de menjar. Recordo que se'm va gelar la cara i que em van començar a tremolar una mica els llavis i les parpelles. Sense saber per què, vaig començar a escampar per tot el pati les serradures i el menjar i vaig posarme dret al damunt de la caixa de color vermell per tal d'esbotzar-la. El gat no tenia cap culpa de res, però aquell dia el vaig odiar molt fort.

Aquell constipat es va allargar molt i, quan vaig tornar a la feina, jo ja havia decidit que no faria cas a ningú. Amb la mama ja no parlava mai i, quan ella em deia alguna cosa, jo feia veure que no la sentia. Ella alguna vegada s'havia arribat a posar nerviosa i un dia fins i tot em va agafar per la roba i es va posar a cridar: «Contesta, contesta...», i després es va tancar a la seva habitació, plorant.

Però jo no veia cap raó per parlar amb ella. Havia decidit que només parlaria amb la iaia, una mica amb el papa i que, a la gent de la feina, només els diria que sí o que no. No tenia ganes de perdre el temps parlant amb ningú, i tampoc no tenia ganes de passar-me les hores assegut davant dels papers sense res a fer.

Així que molts dies, a mig matí, si en tenia ganes, baixava a la botiga i em quedava al costat del papa, mirant el carrer.

Ell no intentava d'iniciar cap conversa. Em deixava estar prop seu i algun cop feia comentaris aïllats.

«Mira quin gos», o «està núvol».

Jo el mirava, feia que sí amb el cap o somreia. Quan ell es posava les mans al darrere jo també ho feia; quan ell canviava la posició de les cames jo feia el mateix. Algun cop es posava a fumar una mica, i jo pensava que a mi fumar no m'agradava, però que m'agradava veure com ho feia.

Un dia, quan vaig tornar a pujar al taller, i abans d'asseure'm a la meva cadira, vaig canviar l'emissora de la ràdio. Notava que em miraven, però no em deien res i jo no els en volia fer cas. Em sentia més fort que mai, i no tenia tanta vergonya del que em poguessin dir.

Tot i això, em passava moltes estones assegut prop dels vidres i mirant els papers que havia de tallar, la botiga, el papa i el carrer. Segons com, em sentia trist, se'm feia un nus al coll i em venien ganes de plorar; però no plorava. Altres cops el cap em xarbotava i tot de coses començaven a ballar-hi alhora: la iaia, l'avi, els carrers i els cotxes, la japonesa, els jardins de l'escola, la piscina del poble, el gat, les platges on anàvem de petit, el cotxe, les autopistes...

Després em tranquil·litzava una altra vegada i venia una calma agradable i em notava un benestar que em feia sentir com buit i satisfet alhora. En aquells moments la japonesa era una sensació petita, amagada, una mena de llavor que duia al pit.

Més tard em venia aquell mal de cap que començava exactament en un punt entre les celles, que s'estenia lentament primer pel front i després a les temples i al clatell. El dolor del clatell era com si m'hi haguessin clavat una agulla de fer mitja; era un punt precís, agut i amb una certa coïssor. En canvi el mal del front era pla i més fosc, en certa manera brut i tot.

Quan no em feia mal res passava les hores tallant papers i mirant la noia que seia al meu davant. No em divertia gens, però tampoc no podia pas fer cap altra cosa. «Sempre estaré tancat en aquest taller», pensava, i, tot i que no s'hi estava malament, sabia que si no sortia era difícil que trobés la japonesa.

Per això sortia de tant en tant, i per això els caps de setmana m'allunyava més i més de casa. Passava per una fàbrica de plàstics feta d'obra vista i les portes de la qual, pintades de color verd, eren prop d'unes escales que duien a un gran gimnàs. Més tard vaig descobrir el camp de futbol que era a tocar de l'autopista que, segurament, anava cap a casa de la iaia. Descobria parcs i placetes de totes mides, amb fonts, amb gronxadors, tobogans i barres paral·leles com les que hi havia a l'escola. I edificis amb les façanes de vidre, carrers no gaire amples i plens d'arbres, barris només de fàbriques i que feien pudor de podrit...

M'allunyava sense mirar els carrers per on anava, però sempre acabava trobant un passeig que m'era conegut i una plaça que em duia a la parada d'un dels dos autobusos que em deixaven prop de casa. «No em perdo mai», pensava, sorprès. I al cap de setmana següent hi tornava.

Un dia vaig descobrir la mar.

Naturalment jo ja sabia què era la mar, perquè de nen el papa i la mama m'hi havien dut; però no sabia que també hi havia una mar sense sorra, que es deia moll i que era plena de vaixells. No recordava haver estat mai al moll, ni quan vam anar a l'illa; ni recordava que el papa m'hi hagués dut mai a passejar. I era una llàstima, perquè estava ple de coses que jo no coneixia: hi havia les grues, que servien per descarregar grans paquets dels vaixells; hi havia vaixells de tota mena i de mides ben diferents: uns que eren de veles i estaven pintats de color blanc, els altres que eren de color gris i no tenien veles; n'hi havia un de molt gran que, mentre jo el mirava, es començà a separar lentament del moll i després s'allunyà de mi fins que, girant cap a la dreta, es perdé entre els altres vaixells que eren atracats.

Al moll hi vaig tornar sovint perquè mai no hi havia gaire gent. M'asseia en una caixa, o només em recolzava a la paret, i mirava. Hi havia molta llum i m'agradava l'olor salada i una mica greixosa que venia de la mar. Era una mar bruta, verdosa com les ales de les mosques, pesant, però a mi em tranquil·litzava i em permetia de sentir-me veritablement sol.

Algun cop, envoltat d'aquella brutor que en realitat m'hauria de repugnar, m'havia arribat a sentir bé. Sabia que les coses s'acabaven sense sentit, sobtadament, i que ja no tornaria a veure l'avió que sobrevolava el poble de la iaia, que ja no tornaria a veure els meus cosins, ni el guenyo, ni el senyor que s'amagava darrere del sofà per fer aquelles bromes, ni l'avi, ni el senyor de la mona... Potser ja no tornaria a veure la japonesa.

Aquella nit, pensant encara aquestes coses, em vaig aixecar sense fer soroll i em vaig vestir. Per la finestra es veia el carrer fosc, buit i silenciós. Jo dubtava i no sabia si havia de sortir o no, però finalment ho vaig fer. Es notava molta humitat i una mica de fred quan em vaig posar a caminar; pensava que havia de tornar a veure la japonesa costés el que costés. Que la volia tornar a veure. I vaig decidir que caminaria sense parar fins a trobar-la, costés el que costés.

Barcelona, febrer - agost 1988;
juny - setembre 1991

Aquest llibre fou acabat d'imprimir
a Limpergraf, S.L., Ripollet del Vallès (Barcelona)
en el mes de març de 1994